LAS TINAJAS

ExLibric

FRANCISCO MACHOTA ARANDA

LAS TINAJAS

EXLIBRIC
ANTEQUERA 2025

LAS TINAJAS
© Francisco Machota Aranda
Diseño de portada: Dpto. de Diseño Gráfico Exlibric

Iª edición

© ExLibric, 2025.

Editado por: ExLibric
c/ Cueva de Viera, 2, Local 3
Centro Negocios CADI
29200 Antequera (Málaga)
Teléfono: 952 70 60 04
Fax: 952 84 55 03
Correo electrónico: exlibric@exlibric.com
Internet: www.exlibric.com

ISBN: 979-13-87528-85-0
Depósito Legal: MA 84-2025

Impresión: PODiPrint
Impreso en Andalucía – España

Nota de la editorial: ExLibric pertenece a Innovación y Cualificación S. L.

FRANCISCO MACHOTA ARANDA

LAS TINAJAS

Dedicatoria

Esta dedicatoria va a ser breve.

Dedico esta novela, donde la ficción se nutre de la realidad, al colectivo LGTBI y a los miles de inmigrantes que perecen en las aguas del Atlántico camino de las Islas Canarias (España, Europa), en los desiertos de Arizona y Sonora, camino de los EE. UU., a los que se los traga el hambriento y sediento Mediterráneo camino de las Islas Baleares, la isla de Lampedusa y otras; más a aquellos que mueren o quedan malheridos tras intentar saltar la valla de Melilla y otros obstáculos europeos.

Esta obra está dedicada a todos aquellos seres humanos, niños, niñas, mujeres y hombres, quienes, a lo largo de la Historia, como ahora, en cincuenta conflictos armados, entre ellos el de Gaza y Cisjordania, el de Ucrania y muchos en África, «sin comerlo ni beberlo», son pasto de esas guerras, matanzas y genocidios, para que los traficantes de armas les compren a sus queridas y queridos buenas joyas en Dubái y en otros lugares.

A todos ellos va dedicado este libro.

Prólogo

Esta novela, con personajes ficticios, aunque representa-
tivos del mal y el bien de este injusto planeta, llamado Tierra,
pretende, además de intentar entretener y llenar el ocio de
las lectoras y lectores, mover sus conciencias, para que todos
y todas pensemos un poco en aquellos y aquellas que sufren
injusticia social, discriminación y exclusión social.

Hay tanta injusticia en nuestro mundo, no desde ayer, sino
desde que habitamos este planeta, que un solo libro no basta
para atraer vuestra atención, haciendo que podáis comenzar a
decir «¡BASTA!» a muchas de esas injusticias.

Al menos, este libro, como otros, será una gota de agua en
ese océano por el que navegaréis, incitando a todas y a todos a
dejar de decir algo como: «Esto no va conmigo. Bastante tengo
yo con mis problemas, para preguntarle a otro cómo está».

El canibalismo moral de todas las doctrinas hedonistas y altruistas está en la premisa de que la felicidad del ser humano necesita el perjuicio de otro.

AYN RAND, ALISSA ZINÓVIEVNA ROSENBAUM

(2/2/1905-6/3/1982)

No lastimes a los demás con lo que te cause dolor a ti mismo.

BUDA

1.ª parte

Las tinajas, Fortu

ARENAS DE SAN PEDRO, 2024

El lunes 9 de septiembre de 2024, en Arenas de San Pedro, Ávila, Castilla y León, España, esa mañana, con su clima mediterráneo, o sea, templado, todavía con veranos secos y abundante y generosa lluvia, ahora, con unos 18 grados de temperatura, en pleno Valle del Tiétar, Sierra de Gredos, sus 6500 habitantes están ya dando carpetazo al verano.

El otoño está reclamando su presencia, para perecer luego en manos del invierno, camino del turrón, de la pandereta y el niño Jesús que «ha nacido ya», en ese diciembre lotero de «a ver si me toca este décimo».

Los miles de turistas de julio y agosto, que habían venido a ver, entre otras cosas, el Monasterio de San Pedro de Alcántara, además de degustar la gastronomía abulense de la zona, huyendo del tórrido calor de ciudades y pueblos como Madrid, Toledo, Talavera de la Reina, Badajoz e incluso del extranjero, ya han vuelto a su hogar, a su rutina laboral diaria o a seguir disfrutando de su jubilación entre los suyos, ya que no dejamos de ser miembros de una tribu o de una etnia, queriendo siempre volver a nuestros ritos y costumbres.

Los escolares, ese 9 de septiembre, sobre todo los de Educación Infantil y Primaria, vuelven a las aulas, retornan para verse con sus compañeras y compañeros, en centros escolares cada vez más multiculturales, con sus patios llenos de caras alegres, con niños de otros países, que enriquecen esas aulas, contribuyendo a generar la necesaria convivencia en el marco del respeto a las otras culturas y ritos. Son alumnos quienes, con el tiempo, suelen ser amigos o amigas de toda la vida.

Los adolescentes volverán al Instituto, más o menos, entre el 10 y el 13 de septiembre, dejando el móvil en casa, ya que ya se empiezan a prohibir en esos centros escolares, privados y/o públicos.

Por supuesto que esos adolescentes tendrán algún medio moderno, que se escapa a la generación de los que nacimos hace 80 años, para poder escuchar la música de cantantes como Olivia Rodrigo y otros, sobre todo en el patio, ya que en el aula pueden ser detectados por el ojo y oído avizor del profesor o profesora.

Las fiestas patronales en honor a la Virgen del Pilar comenzaron ayer, día 8 de septiembre.

La del Patrón, San Pedro de Alcántara, llegarán con las lluvias de otoño, el 9 de octubre, cuando la rueda escolar y la rutina diría de los trabajadores ya esté en pleno auge.

A ese Patrón le gustan los paraguas que, junto a la lluvia, caminarán por las calles de Arenas, para delicia de los arenenses y algún que otro turista rezagado o con ganas de gastar menos en dormir, comer y gozar de esa Villa, ya que en verano todo es más caro. Es la eterna ley de la oferta y la demanda.

Arenas es Villa desde 1393, cuando se hizo mayor de edad, dejando de ser una mera aldehuela o aldea, con el Rey Enrique III de Castilla. Fue, entonces, la Gran jefa, o sea, Señorío de aldeas y pueblos que no eran villas aún, como El Arenal, Guisando, Hontanares, El Hornillo, La Parra, Poyales del Hoyo y Ramacastañas.

Todo, incluso Arenas de San Pedro, dependía del Ducado del infantado en Guadalajara, no en Ávila capital.

Su clima benigno y agradable, al cuerpo, a la mente y al espíritu, para pasear y gozar de la Naturaleza, se debe a que está en el sur de la provincia de Ávila, una tierra que, aunque lejos del Atlántico, no deja de ser más Atlántica que Mediterránea. La capital está a solo unos 81 kilómetros de Arenas, como se le llama al largo nombre de Arenas de San Pedro.

El Pico de la Mira, con 2343 metros de altitud, intentando rivalizar, aunque pierde esa competición, con el Pico Almanzor o Plaza del Moro, con 2591 metros de altitud, el más alto del Sistema Central, vigila, cual oso granítico, el curso tranquilo y pausado de los ríos Tiétar, Arbillas, Arenal, Ramacastañas, Pelayos, Avellaneda y Riocuevas, pertenecientes todos al gran Río Tajo.

Siendo un periodo estival muy seco, sin embargo, en invierno hay abundante lluvia, algo propio de lo que se llama «la fachada Atlántica».

Por agua no se pueden quejar los arenenses.

Los ríos, con la lluvia como amiga, fiel y permanente, en otoño e invierno, llenan, desde 1975, un pantano de 9 hectáreas que represa el agua del río Cuevas, para que a esos arenenses no les falte la necesaria agua para su vida diaria.

La flora de esa Sierra de Gredos, con ese Señorío de Arenas de San Pedro, nos regala bosques, con árboles como el pino, el castaño, el roble, el alcornoque, el rebollo, la encina, etc.

La fauna, por tierra, mar y aire, también es feliz en esa tan pródiga Sierra de Gredos, con animales depredadores y presas, aunque esos depredadores son más ecológicos que un depredador llamado ser humano.

Encontramos familias de la cabra montesa, el lagarto, la lagartija, la salamandra, el gato montés, los sapos, algún que otro lobo y jabalí, las truchas y otros peces, además de los voladores como el águila, el buitre y muchas otras especies.

Toda esa fauna y flora sabe, desde hace millones de años, vivir en ese hábitat, con un equilibrio ecológico que solo el ser humano, hasta ahora, ya que nos estamos concienciando, ha alterado, haciendo que algunas especies hayan llegado, incluso, al borde del abismo de la extinción.

Está visto que no hay animal más cruel ni más dañino que el ser humano.

En 1809, aquel Napoleón, quien, a lo Hitler, quería tragarse a toda Europa, España incluida, trajo hasta Arenas de San Pedro a sus temidos soldados dragones westfalianos. Los aldeanos de Arenas no lo recibieron con panderetas ni bailes regionales, sino matando a 24 de ellos. No querían franceses invasores. España era nuestra, no de esos galos imperiales.

Napoleón, cual Netanyahu, el israelita, dio la voz de venganza. ¿Cómo? Mató a 31 arenenses.

Quemó unas 300 viviendas, más conventos de los agustinos, además de los archivos municipales. A pesar de aquella invasión napoleónica, Arenas, como toda España, se defendió, como gato panza arriba. Sí, les mandamos de vuelta a Francia.

La paz y la tranquilidad alimentaron a una economía de Arenas que siguió viva, con más y más hectáreas de olivos, ahora, en 2024, con unas 660 hectáreas., además de toda clase de frutales, viñedos, etc., con unas 120 hectáreas.

Era un pueblo de agricultores y ganaderos.

Con el paso de los años, los edificios de los siglos XV al XX envejecieron. El tiempo, la lluvia, el viento, la nieve y las termitas, entre otros, recuerdan a los edificios.que no serán eternos. Ahora, en este 2024, en el que estamos, hay muchas casas antiguas, o sea, de 100, 200 y hasta 300 años, tanto en el centro como en los barrios periféricos, que ya han llegado a su cenit, con la parca llamando a su puerta.

Eso no representa un gran problema, porque el espíritu que ha regido siempre los destinos de Arenas es la renovación, el renacer de sus cenizas

El 23 % de los arenenses se ocupan de la construcción, con su marco de multitud de oficios.

El turismo también está aportando su buena economía a Arenas, con la hostelería como reina del mambo, con personal que trabaja en esa industria, no solo español, sino de otros países, con inmigrantes que han venido a ser «arenenses adoptados».

En la Cooperativa El Olivo, en la producción de aceite, trabajan arenenses e inmigrantes, además de habitantes de los pueblos cercanos, como El Hornillo, Poyales del Hoyo, Guisando, etc.

Esa mañana del 9 de septiembre de 2024, sonó el teléfono de la Secretaría del Alcaldía a las 11 de la mañana. Carmen, la secretaria del alcalde, de 64 años, con solo un año por delante para poder disfrutar de su merecida jubilación, tras 40 años de servicio, cogió el teléfono.

—¿Dígame?

—Buenos días. Soy Sofía del Hierro, secretaria del consejero de Medio Ambiente, Vivienda y Ordenación del Territorio de la Junta de Castilla y León, don Rodolfo Sierra. ¿Hablo con la secretaria del alcalde de Arenas de San Pedro, don Hermógenes Alcaide?

—Sí. La escucho. Dígame.

—El consejero le enviará, esta mañana, vía correo electrónico, un informe a su alcalde sobre la reunión que tuvo lugar el jueves 5 de septiembre de 2024, entre la ministra de la Vivienda, doña Rosario Corral, la ministra de Inclusión, Seguridad Social, Pensiones y Migraciones y los 19 consejeros de las 19 Comunidades Autónomas que tienen que ver con la migración. Dígale a su alcalde que lea ese informe para estar preparado para una reunión del consejero, don Rodolfo Sierra, con los alcaldes de varias ciudades y localidades de Castilla y León, entre ellas Arenas de San Pedro. Dicha reunión tendrá lugar en la Presidencia de la Junta, Plaza de Castilla 1, Valladolid, sede de la Junta, el 16 de septiembre de 2024, a las 10 de la mañana.

—Gracias. Así se hará —contestó Carmen.

—Esperamos recibir ese correo. Se lo imprimiré al alcalde para su lectura. Buenos días.

—Buenos días, Carmen. Gracias —contestó Sofía.

Una hora más tarde, ese lunes 9 de septiembre, con los alumnos de Educación Infantil y Primaria ya en sus aulas, haciendo nuevos amigos, escuchando a sus profesoras y profesores, Carmen, quien ya había llevado a su nieto, Juanito, a su colegio de Primaria a las 9 de la mañana, tras hablar con Sofía por teléfono, estuvo atenta al correo electrónico, que llegó a las 11:30 de la mañana. Lo imprimió, grapó las hojas y se lo puso al alcalde encima de su mesa despacho para cuando llegara.

El alcalde llegó a las 12. Había tenido una reunión en el Monasterio de San Pedro de Alcántara con el Prior y párrocos de las iglesias de Arenas.

Vio el informe. Lo leyó. Le dio las gracias a Carmen.

Eran solo dos páginas.

El texto decía:

Estimado alcalde:

Como consejero de Medio Ambiente, Vivienda y Ordenación del Territorio de la Junta de Castilla y León, le informo que el lunes 2 de septiembre de 2024, todos los Consejeros de las 19 Comunidades Autónomas de España que tienen algo que ver con la migración, fuimos convocados en Madrid por las ministras, doña Rosario Corral, de Vivienda, y doña Maribel del Monte, de Inclusión Social, Seguridad Social, Pensiones y Migraciones, para una reunión el jueves 5 de septiembre.

El objetivo de esa reunión, según nos explicaron, era el llegar a tener una política común sobre el tema de la migración, con su multitud de aristas y problemas a resolver, como la inmigración llamada irregular o ilegal, las solicitudes de asilo, etc.

Primero nos informaron de datos, fechas y hechos que muchos de nosotros ya conocíamos, pero había que cerciorarse de que estábamos de acuerdo en esas estadísticas y demás.

Se nos informó:

1. En España, ahora, en 2024, tenemos una población de inmigrantes ilegales, o sea, sin regularizar, de unos 440.000, sobre todo procedentes de África e Iberoamérica, más algunos asiáticos.

2. En 2023 entraron ilegalmente en nuestro país 16.174 inmigrantes.

3. En 2024 van ya, a 1 de julio de 2024, 29.031, o sea, un aumento de un 152,4 %.

4. Sobre todo hay dos rutas que son usadas por las mafias para traer a esos inmigrantes:

4.1. La peligrosa Ruta Canaria, con inmigrantes subsaharianos, que son el 73,9 % del total de los que llegan a España ilegalmente.

4.2. La Ruta de las Islas Baleares, con inmigrantes de otros países, sobre todo del Magreb, o sea, Marruecos y Argelia, que componen el 21 % del total.

Melilla y Ceuta suponen un 4,7 % del total, con inmigrantes de Marruecos y subsaharianos que llegan hasta la Valla de Melilla y a Ceuta, tras un largo camino desde países como Senegal, Mali y otros. Son las mafias las que les eligen las rutas, tras cobrarles miles de euros.

Muchos iberoamericanos de Centroamérica y Sudamérica entran, de alguna forma, a pesar de los controles de aduana y policiales, por los aeropuertos como el de Barajas, con visado de turista.

En Canarias, donde están saturados, con miles de inmigrantes llegando a sus costas, muchos menores de edad, incluso no acompañados, hay unos 80 centros de acogida de menores, ya con 6.000 de ellos internados o acogidos.

Canarias ya no puede más.

Este es un problema europeo, no solo de Canarias. No solo de España.

Hay que atajarlo ya.

Canarias necesita una solución ya, como nos viene a decir el consejero que representa a Canarias en esta reunión, a pesar de la gran ayuda que prestan las ONG y el gran trabajo de los Equipos de Salvamento, la Guardia Civil, la Guardia Costera, la Policía Nacional más la Local, además de muchos voluntarios que ayudan en la acogida de esos inmigrantes que llegan desesperados, muertos de hambre, sed y hasta enfermos, muchos de ellos.

Solo en la Ruta Canaria, con el Atlántico como océano asesino, esos inmigrantes que huyen de las guerras, los genocidios, las matanzas, el horror, el hambre, la pobreza y la injusticia social, en un mundo cruel, de dictaduras y políticos corrompidos por el dinero «sobornante» de nuestro cristiano Occidente, España incluida, por supuesto, en 2023 llegaron 8508 inmigrantes, muchos de ellos menores de edad no acompañados.

A 1 de julio de 2024 ya han llegado 21 470.

Muchos no han llegado. El Atlántico reclamó sus cuerpos, sus almas y su memoria. Perecieron ahogados en esa ruta, con sus deseos de llegar a un paraíso llamado Europa, deseos truncados para siempre.

En las Islas Baleares, en 2023, llegaron unos 6962.

En 2024 bajó la cifra a 6151, o sea, un 11,6 %, la mayoría viniendo del Magreb, o sea, Marruecos y Argelia.

En la Unión Europea, esa que no consigue convencer al israelita Netanyahu, al igual que tampoco lo hace la ONU, para *que deje de matar palestinos, estamos los 27 países con un trabajo enorme por delante, entre otros problemas a resolver, pero juntos, no cada uno por su lado, con ese plato en nuestra mesa llamado inmigración ilegal y el derecho de asilo.*

El día 18 de octubre de 2024 habrá una reunión en Bruselas de todos los ministros responsables de la migración para intentar llegar a un consenso o política común sobre este tema.

De momento hay 3 países, como Italia, Polonia y Bélgica, además de otros de la UE, que proponen la denegación de asilo, además de llevar a esos inmigrantes ilegales a terceros países, como Albania, fuera de la UE, o deportarlos directamente «en caliente», como hacen los americanos en sus fronteras con México. En España, nuestro Gobierno ya ha dicho que no está de acuerdo con esa solución, que es inhumana. Francia está de acuerdo con España en su postura.

5. Las ministras citadas quieren que haya una Comisión de Seguimiento para que España lleve solo una voz, no 20, a Bruselas con su opinión sobre cómo solucionar este tema. Esa Comisión estaría formada por todos los consejeros de todas las Comunidades Autónomas que tengan algo que ver con la migración, además de las ministras citadas.

6. Las ministras nos pidieron, a los Consejeros, que, hasta que podamos llevar a Bruselas esa única propuesta de nuestro país, poniéndonos de acuerdo, por supuesto, primero nosotros, habilitemos viviendas, centros de acogida y lugares donde puedan ir a vivir, incluso a trabajar, ir al colegio, etc., todos esos inmigrantes ilegales, quienes ahora están dando tantos dolores de cabeza a Autonomías como la de Canarias, Baleares, Melilla y Ceuta, además de Murcia y Andalucía.

He escrito este mismo correo a los alcaldess de:

Ávila, Burgos, León, Palencia, Salamanca, Segovia, Soria, Valladolid, Zamora, Miranda de Ebro, Villablino, Laguna de Duero, San Andrés de Rabanedo, Burgos de Osma, Ponferrada, Aranda de Duero, Medina del Campo, Arroyo de la Encomienda, Santa Marta de Tormes, Béjar, Toro, Benavente, Arévalo, Villaquilambre y, por supuesto, a ustedes, Arenas de San Pedro.

Tengan en cuenta que la densidad demográfica de nuestra Castilla y León es muy baja, con solo 25,57 habitantes por km², o sea, que somos unos 2 400 000 habitantes, con un territorio muy extenso.

Esa densidad demográfica es tres veces inferior a la media nacional, o sea, que estamos en pleno declive demográfico, sobre todo, en el área rural, con la población envejecida, baja natalidad y una mortalidad similar a la media nacional. Eso es despoblación. Eso se llama «vivir en la España vacía».

En nuestro país, sobre todo las ONG que tratan este tema de la inmigración irregular o ilegal, ya van diciendo que «nos tienen que poner las pilas a los políticos y gobernantes, para que hagamos algo en relación a este tema», diseñando algo en la línea de la apertura de vías legales y seguras para la migración, atendiendo a las solicitudes de asilo, con visados humanitarios, con amplios programas de reasentamiento, salvaguarda de la seguridad y protección y respeto a los derechos humanos de esos inmigrantes, que solo piden asilo al llegar a nuestra cristiana Europa.

Yo, como consejero en nuestra Junta, les pido:

1. Sondeen, con reuniones físicas o como lo deseen, a los municipios de su zona de influencia, para ver si, de momento, están dispuestos a recibir, alojar e integrar a algunos inmigrantes ilegales, quizás teniendo que reabrir colegios cerrados debido a la despoblación.

2. Me envíen, lo antes posible, el resultado de su «cuasi referéndum o sondeo», tras investigar el pulso de esos municipios despoblados, más pequeños.

3. Les convoco a todos los alcaldes y concejales que lidien con la migración de las ciudades y pueblos a donde envío este correo, a una reunión el 23 de septiembre de 2024, en la sede de la Junta de Castilla y León, en Valladolid.

Vengan, si lo desean, con algún alcalde que represente a esos pequeños municipios en su zona de influencia.

Todos estamos en el deber de aportar ideas y soluciones, pero todos juntos.

Una vez leído ese correo, el alcalde de Arenas hizo lo siguiente:

1. Convocó a toda su corporación municipal, pasando una copia de ese correo a todos los concejales.

2. Convocó a los alcaldes de Poyales del Hoyo, Candeleda y El Raso, El Arenal, El Hornillo, Guisando, La Parra, Hontanares, Piedralaves, La Adrada, Fresnedilla, Casavieja, Casillas, Santa María del Tiétar, Navahondilla, Sotillo de la Adrada, Pedro Bernardo, La Higueruela del Tiétar, Mombeltrán, San Esteban del Valle, Lanzahíta, Cueva del Valle, Santa Cruz del Valle, Villarejo del Valle, Mijares, Gavilanes, La Higuera e Higueruela de las Dueñas.

Les convocó a todos en Arenas de San Pedro, el 16 de septiembre, para tratar de llevar a la reunión del 23 de septiembre de 2024 en Valladolid la voz de esas aldeas, pueblos y villas del Valle del Tiétar.

En la reunión con su corporación municipal, el alcalde de Arenas, tras tratar el tema de la inmigración ilegal y la posible integración y regularización de esos inmigrantes en el Valle del Tiétar, se llegó a la conclusión de que la inmigración ilegal no era un problema, sino una solución para esa España vacía, con colegios cerrados, sin alumnos, porque no había niños, sino personas ya mayores, como dice Serrat en su canción *Mi pueblo blanco*: «Con la boca abierta, al sol, como lagartos, con un sombrero de esparto».

Casi todos los municipios en esa reunión del 16 de septiembre de 2024 del Valle del Tiétar estaban de acuerdo en intentar habilitar viviendas, muchas de ellas restaurando casas abandonadas debido a la frecuente llegada de la parca, algunas sin herederos, sin habitantes, solas, esperando que alguien viviera en ellas, como esos inmigrantes, algunos con sus niños, que serían la fuente que originaría la reapertura de colegios cerrados hace tiempo, viéndolo todo como una solución a su despoblación, no como un problema.

El 23 de septiembre de 2024, el alcalde de Arenas, don Hermógenes Alcaide, y el concejal don Daniel Corral, junto con el alcalde de El Hornillo, don Jesús Marín, representando a todos esos pueblos pequeños del Valle del Tiétar, llegaron a Valladolid para reunirse junto a los alcaldes convocados por la Consejería y el presidente de la Junta de Castilla y León.

En esa reunión, de mañana y tarde, se llegó al siguiente consenso:

1. Sí a la llegada a esas capitales, pueblos, villas y aldehuelas de Castilla y León de esos inmigrantes ilegales o irregulares, vinieran de donde vinieran, sobre todo, ahora, de las Islas Canarias, que estaban muy saturadas.

2. Si hubiera que reabrir escuelas en algún municipio, se haría con la Junta de Castilla y León, pidiendo ayuda financiera, además de profesorado y otro personal al Gobierno Central.

3. Que el consejero, en la próxima reunión con las ministras de Inclusión, Seguridad Social, Pensiones y Migración, además de la de Vivienda, trasladaría el sentir de toda Castilla y León, que era simplemente el ver lo que los demás llamaban «el problema de la inmigración ilegal», no como un problema, sino como una solución a esa «España vacía».

Castilla y León estaría dispuesta a recibir, integrar y hacer que la convivencia estuviera repleta de tolerancia y respeto hacia esos nuevos «castellanoleoneses», contribuyendo a su asilo y acogida, agradeciendo su llegada como solución para la despoblación de sus municipios, como El Hornillo, por ejemplo.

La ministra, Maribel del Monte, encargada de escuchar y unificar esas voces sobre la regularización de los inmigrantes, o sea, casi 440 000 en nuestro país, encargo que le hizo encarecidamente el presidente del Gobierno, Manuel del Amo Sierra, en octubre y noviembre de 2024, fue a Bruselas, el lunes 25 de noviembre, portando el sentir de nuestra España, con su Gobierno a la cabeza, para que la UE tuviera bien claro que España nunca deportaría a ningún inmigrante ilegal, tampoco los mandaría a terceros países, sino que establecería un plan para regularizarlos, integrarlos en nuestra España y, junto con la UE y la ONU, más las ONG, comenzar a presionar en los foros internacionales para que desaparecieran las causas que motivan a esos desesperados inmigrantes a meterse en una patera o cayuco para llegar al paraíso europeo a través de Canarias u otro punto de nuestro país.

España, diría la ministra, cree en la paz, no en la guerra, ni en las guerras civiles, ni en las matanzas, ni en la injusticia social, ni en cómo las grandes empresas internacionales explotan aún a esos países de donde vienen esos inmigrantes, acabando con las mafias, con los sobornos a los dictadores y demás políticos de esos países, etc.

La idea de España es no penalizar a las consecuencias, sino acabar con las causas que motivan esa inmigración ilegal.

La ministra, en esa reunión de Bruselas, dejará claro a los otros 26 representantes que los más de 8000 municipios de nuestro país darán la bienvenida a esos inmigrantes, regularizando su situación para que, en negro, no sean explotados por mafias laborales e incluso por las redes de prostitución, acabando así con su mundo precario y vulnerable, concediendo una visa humanitaria.

Se les proveerá con vivienda, formación, aprendizaje de nuestra lengua, con escuelas para sus hijos, junto a los españoles. Serán uno más entre nosotros.

Trabajarán junto a los españoles para, con el tiempo, ser parte de esa fibra humana llamada ser español en las siguientes generaciones, empezando por esta a regularizar.

La ministra llevará a Bruselas la consigna nuestra: «La inmigración ilegal no es un problema, es una solución a una Europa cada vez más envejecida. No se equivoquen, amigos europeos».

El alcalde de Arenas, Hermógenes Alcaide, y el concejal Daniel Corral no se durmieron en los laureles.

En noviembre de 2024 se pusieron a la «búsqueda y captura» de manzanas de casas antiguas, abandonadas, que pudieran ser adquiridas por el Ayuntamiento, con la ayuda financiera de la Junta y del Gobierno Central, para, tras derruirlas, poder construir viviendas públicas, no solo para esos inmigrantes, sino para familias españolas en situación social vulnerable.

La corporación también recibió, donadas, cinco viviendas viejas, con un solo heredero, quien antes de fallecer tuvo la feliz idea de regalarlas a su pueblo, Arenas.

Encontraron algunas zonas de Arenas y La Parra, invitando a hacer lo mismo a las corporaciones de los pueblos, aldeas y villas del Valle del Tiétar, como Poyales, Guisando, El Hornillo, El Arenal, etc.

El despacho de arquitectura de don Juan Ruiz de Arévalo sería el elegido, ya que el Ayuntamiento de Arenas había trabajado con ellos desde hacía 20 años.

Les merecía su confianza, ya que el dinero público había que cuidarlo como a un bebé. El alcalde lo tenía muy claro.

Ese arquitecto les recomendó una empresa de demolición y preparación de los solares.

Resultó ser una empresa de Móstoles, llamada La Oruga, S. A.

El alcalde de Móstoles, Raúl Ruiz del Monte, de la misma edad que Hermógenes, y él, habían sido compañeros emigrantes en Inglaterra en los años setenta, tras haber emigrado a Liverpool en 1972, con solo 22 años, siendo los dos profesores de español en esa localidad británica, hasta que volvieron a

España en 1985, con 35 años, para opositar y ser profesores de Secundaria, uno en Móstoles y Hermógenes en Arenas de San Pedro. Cuando se jubilaron, en el año 2011, acogiéndose a la prejubilación LOGSE, se dedicaron, entonces, a la política para servir a los ciudadanos.

Ahora, habiendo nacido ambos en 1950, ya tenían sus 74 años, pero seguían en la brecha, haciendo una buena labor por y para sus ciudadanos.

Aunque Hermógenes había nacido en Poyales del Hoyo, se sentía arenense desde hacía muchos años.

Sus padres y tres hermanos yacían en el cementerio de Poyales.

Los dos hijos de Hermógenes vivían en Liverpool, ambos médicos oncólogos. Su esposa, Isabel, falleció en el año 2007, de cáncer de mama, a los 57 años, tras haber sido profesora de Primaria en Arenas durante 30 años.

Está enterrada en Arenas. El 1 de noviembre de cada año, sus hijos vienen de Inglaterra. Los tres van, con su ramo de flores en una maceta verde, color preferido de Isabel, para depositarlo sobre su tumba. Hermógenes sabe que más pronto que tarde se unirá a Isabel en ese último reposo.

Luego, ya con la temporada micológica en pleno auge, desde octubre, se van al monte a coger unas setas, con solo un cesto, no con un coche a fastidiar el monte, como hacen otros, cargando kilos y kilos, siendo no solo antiecológicos, sino bestias humanas, que «roban» esas setas a la Sierra de Gredos, algo que persiguen los agentes forestales, siempre avizor. Esas setas le recuerdan a Isabel, su difunta madre, que hacía maravillas con ellas en la cocina, para delicias de toda la familia.

Hermógenes, cuando estaba cogiendo esas setas, en silencio, recordando sus días de felicidad junto a Isabel y sus hijos, le vino a la mente, tras sentarse sobre un risco, ya con la cesta medio llena, el día en que dos matrimonios, o sea, el suyo y el de su amigo y compañero de Instituto, Torcuato Serna, toledano, y su esposa Herminia, también fallecida en agosto de 2005, habían ido a comer al restaurante El Tejar, en la carretera que nos lleva a El Hornillo. Tenían los cuatro la misma edad. Los cuatro eran profesores. Herminia trabajaba en Talavera de la Reina, de profesora de Educación Física. Ellos e Isabel trabajaban en el Instituto de Arenas de San Pedro. Iban a celebrar el aniversario de boda de Torcuato y Herminia, quienes se habían casado en 1976, en plena Transición a la Democracia.

Tras degustar esa excelente gastronomía serrana, con unas buenas migas, Torcuato le preguntó a Hermógenes:

—¿Cómo es que te sientes tan identificado con el mundo de la inmigración?

Hermógenes le contestó:

—Torcuato, sabes que soy profesor de Historia, al igual que tú lo eres de Lengua. Sabes que escribí y me editaron, con poca venta, sí, pero publicado, el libro *Yo también fui emigrante*. Si has leído ese libro, ahí tienes la respuesta a tu pregunta. Hay que atacar las causas de lo que los de la ultraderecha europea llaman la inmigración ilegal o irregular, aunque aquí, en Europa, no es como en América, que los acusan de «alterar la raza americana».

»Sí, hay que lidiar con las consecuencias, pero sin olvidar lo que motiva a alguien a abandonar su hogar, su casa, su familia, sus costumbres, sus ritos, su vida, para lanzarse a que se lo trague el Atlántico o algo parecido, buscando ese paraíso europeo.

»Tomemos a África como ejemplo, ese continente que tantos dolores de cabeza le está dando a las islas Canarias, por estar tan cerca. Ya sé que ahora no podemos hacer nada, más que intentar comprender la razón por la que emigran en pateras y cayucos, para que algunos perezcan en el océano, incluyendo niños, niñas y mujeres.

»La Historia no puede rebobinarse, como hacemos con una película en la televisión.

»Lo que sí puede y debe hacer Occidente, España incluida, además de Rusia, China, Japón y todos los poderosos de este mundo, contando también a los EE. UU., es no olvidarse de que África fue colonizada y esclavizada por no africanos, sobre todo por los europeos, sí, esos cristianos temerosos de Dios, quienes raptaron a 17 millones de ellos de sus aldeas, desde el siglo XVI hasta el XX, hasta los puertos de donde salían los barcos para las Américas, a donde llegaron solo unos 14 millones, con los otros 3 millones muriendo entre sus aldeas y la llegada a lugares como Jamaica, Cuba, etc.

»Morían de hambre, sed y enfermedades, para seguir muriendo al comenzar a trabajar, como esclavos que eran, en los llamados ingenios, o sea, plantaciones de azúcar y en las de algodón, etc.

»Luego, europeos genocidas, como el Rey Leopoldo de Bélgica, dueño y señor de todo un país, como el Congo, se encargaron de las matanzas de los que osaban rebelarse contra el invasor europeo, por supuesto, siempre con la bendición del Cristianismo, ese que predica el amor a lo demás.

»Luego, tras la llamada abolición de la esclavitud, con mafias pasándose esa abolición por el arco del triunfo, siguiendo con su negocio de la compraventa de esclavos, hasta la entrada del siglo xx, África siguió siendo una colonia gigante de la cristiana Europa.

»Comenzamos a explotar sus recursos naturales. Convertimos a niños en mineros que cabían en los túneles pequeños para extraer los minerales con los que fabricar, en todo el mundo, móviles, televisores, radios, aviones, robots, etc.

»Si había que darles la independencia, se hacía, pero siempre sobornando y comprando a sus líderes, con una corrupción brutal que marginaba a la población, quedando esta con hambre, miseria y pobreza. Si se rebelaban, había una guerra civil, con horror y muerte. Todo eso, una familia normal, humilde africana, no lo podía ni lo puede soportar.

»¿Qué hacer? Intentar emigrar. ¿Cómo? Pagando a una mafia que te mete en una patera, para ver si puedes llegar a ese cielo llamado Europa, el mismo que había sido tu infierno durante 500 años.

»¿Qué hicieron los republicanos que perdieron esa guerra civil en 1939? Muchos emigraron, refugiándose en Europa y en otros lugares de este puto planeta.

»¿Qué hicimos los españoles en los años de la represión franquista, o sea, entre los años 40 y 70, sobre todo en los 60? Emigrar a Europa, América, Australia, etc.

»¿De qué te extrañas, Torcuato? Yo mismo fui emigrante. Ahora, en el mundo llamado del Tercer Mundo, hay cientos de empresas internacionales, americanas, europeas, chinas, japonesas, rusas, indias, etc., que siguen explotando los recursos naturales de los países de los que huyen esos inmigrantes que nosotros llamamos «irregulares» o «ilegales».

»Es una colonización moderna, llamada financiera y/o económica, por supuesto, siempre sobornando a las autoridades de esos países. Nunca pensamos en darles un ejemplo de democracia, en formarlos para que supieran regirse por sí mismos. Por ello, esos países siempre están al borde de guerras civiles, con políticos corruptos y ejércitos que compran sus armas en Europa, América, Rusia, China, Japón, etc. Ejércitos que luego masacran a su población, si es que los ven que van a mear fuera del tiesto. ¿Te extraña que quieran emigrar con ese panorama?

»Lo irónico y cruel, Torcuato, es que los mismos europeos, americanos y demás que motivan esas causas son los que luego dicen: «No queremos inmigrantes». Como diría mi abuelo, «tiene cojones la cosa».

»Torcuato, primero matas de hambre al perro. Luego, cuando este ladra, le cierras la puerta. ¿Es eso cristianismo?

»Hay que atacar las causas, no solo las consecuencias de la inmigración ilegal.

»Ahora, en 2024, ¿quién te trae una pizza cuando la pides por teléfono? ¿Quién te trae la librería que has comprado en IKEA? ¿Quién empuja la silla del mayor con ELA? ¿Quién cuida de los mayores en los hogares y en las residencias? ¿Quién limpia y cocina en muchos hogares de nuestro país? ¿Quién lleva a los niños a los colegios por la mañana temprano?

»Respuesta: en muchos casos, los inmigrantes. Muchos de ellos todavía ilegales, cobrando en negro, sin cotizar, sin poder convalidar sus estudios, si es que los tienen, ya que eso les lleva años. Un ejemplo es la Seguridad Social. Sí, hace falta médicos y enfermeras. Hay una lista enorme de solicitudes de convalidación de esos inmigrantes que cursaron sus carreras en sus países, que llevan esperando meses y hasta años para que se les convaliden esos estudios. Se les podría emplear, pero la puta burocracia los mantiene de camareros y limpiadores, desperdiciando talento y experiencia.

»¿De qué hablamos, Torcuato?

Torcuato, tras oír a Hermógenes en silencio, al igual que las dos esposas, dijo:

—No discutamos por esto, pero lo cierto también es que traen alguna dosis de delincuencia, además de ocupar puestos de trabajo que quitan a los españoles.

Hermógenes contestó:

—Vale, Torcuato. Para ti la perra gorda. Luego, cuando vayamos al campo de fútbol de El Hornillo, a ver la noche estrellada, donde nos explican todo sobre las estrellas y los planetas, tumbados sobre una manta, mirando al cielo, pensemos en que solo somos una gota en el Universo, junto a otras gotas, en una nube de convivencia, no de competición —respondió Hermógenes.

Eso hicieron. Fueron, a las 10 de la noche, a participar en la actividad de El Hornillo llamada «La Noche Estrellada», algo único en la Sierra de Gredos. Volvieron a Arenas, a descansar.

El 15 de noviembre de 2024, tras el aprobado de su Corporación y de la Junta de Castilla y León, además de la Asociación para la Preservación de la Memoria Histórica, preocupada por los enseres que pudiera haber en esas centenarias viviendas, para poder llevarlos al museo etnográfico de Arenas, antes de derribar las viviendas, se contrató a la empresa Oruga S.A. para comenzar los trabajos de demolición.

Esa empresa, radicada en Móstoles, trabajaba por toda España y Portugal, con gran cantidad de maquinaria pesada de construcción, más bien de derribo y demolición, maquinaria que almacenaba en unas naves de Navalcarnero.

Llegaron a un acuerdo, con un presupuesto que sería abonado por el Ayuntamiento de Arenas, con dinero de la UE, el Gobierno Central, la Junta de Castilla y León y el propio Ayuntamiento.

Para poder derribar las viviendas, antes había que entrar en ellas, para poder retirar todo lo que oliera a Patrimonio Histórico Cultural. El alcalde entregó las llaves de todas las viviendas a la empresa de demolición.

Además, le dio unas llaves de entrada a una bodega-cueva que había en una de las viviendas, ya que, en 2022, había habido un congreso de prevención de incendios forestales en Castilla y León, asistiendo el consejero de Medio Ambiente, los alcaldes de todo el Valle del Tiétar, representantes de los agentes forestales, el alcalde de Navalacruz, Zamora, y el alcalde de Ávila. Un agente forestal de Talavera de la Reina, cuyo alcalde también asistió a dicho congreso, vino con su esposa y dos hijos varones. Se quedaron a dormir dos días en la casa donde estaba la bodega-cueva.

Pedrito, el hijo mayor del agente forestal, niño curioso como pocos, intentó bajar a esa bodega el 8 de agosto de 2022, solo, sin su hermano ni su madre. Su padre estaba en el congreso. Se cayó por las escaleras. Acabó en el Hospital de Talavera, con una conmoción. Se salvó de milagro.

El alcalde de Arenas, antes de que la Corporación volviera a alquilar esa casa, cuyos beneficios se donaban a la Cruz Roja, ordenó poner una puerta con candado a la bajada a esa bodega. No quería más accidentes. La empresa de demolición tuvo que abrir esa puerta con llave para poder bajar a la bodega.

El congreso, que duró dos días, fue impulsado y organizado por la Consejería de Medio Ambiente de Castilla y León y el alcalde de Arenas de San Pedro, Hermógenes Alcaide.

El consejero, quien abrió dicho congreso, con más de 50 agentes forestales, no solo de Castilla y León, sino de otros lugares de España e incluso de Portugal, dijo a los presentes en su apertura:

—Desde finales de los años setenta hasta ahora, en 2022, la alfombra verde de nuestro país ha sido víctima de más de 620 000 siniestros, muchos provocados, otros por negligencia humana, otros por los rayos.

»En los últimos 50 años ha aumentado la intencionalidad de esos incendios. Entre 2010 y 2020, la mitad fueron provocados.

»Un ejemplo lo tenemos aquí, con la presencia de nuestro querido Roberto Angún, alcalde de Navalacruz, pueblo víctima de un incendio pavoroso.

»¿Por qué está aquí? Él representa a su pueblo, víctima de un terrible incendio, como muchos otros pueblos de nuestra geografía. Repito, muchos provocados, intencionadamente o por negligencia. Él, su pueblo y su comarca sufrieron un duro y cruel incendio.

»Ese incendio de Navalacruz comenzó el 14 de agosto de 2021, tras arder un coche. Llegó a un perímetro de 130 kilómetros, afectando a Navalacruz, Navaquesera, Villarejo y Navalmoral de la Sierra. Afectó a 20 000 hectáreas.

»Otro ejemplo de incendio que nos afecta a todos fue el del 16 de agosto de 2020, a las 2 de la tarde, en Lobe de Aliste. Arrasó con más de 2000 ha en Dónez de Alba y Vegaltrave, dos pueblos vecinos de la provincia de Zamora.

»El fuego duró 5 días, quemando pastos, colmenas, palomares y casetas. Sufrió el campo, la flora y la fauna, con el sufrimiento de sus habitantes y las pérdidas económicas.

Luego hablaron el director del Centro de Coordinación de la Información sobre Incendios Forestales (CCNIF), don Remigio del Ramo, además del alcalde de Arenas de San Pedro y dos representantes del gremio de los agentes forestales, más el representante de la Cruz Roja y Protección Civil, junto con un representante del Servicio de Bomberos de Ávila.

Se concluyó con tres puntos a tener en cuenta:

1. Más medios humanos y materiales para poder prevenir los incendios.

2. Perseguir más y con más dureza a los criminales que provocan esos incendios.

3. Pedir a la Unión Europea y al Gobierno Central una dotación económica, en proporción al riesgo de incendios en Castilla y León.

Con el paso del tiempo, también, en el verano de 2023, habría otro incendio en los montes de El Hornillo, que fue controlado con los retenes de incendios allí permanentes durante algunos días y noches.

El trabajo de los bomberos y las brigadas antiincendios no tiene precio. Arriesgan su vida, a veces porque un insensato ha tenido la infeliz idea de prepararse una paella en el monte.

Otros porque han metido el coche en zona de flora, fauna y hojarascas.

Otros porque no tenían que haber nacido o su madre haber cerrado las piernas cuando iba a parir.

De todo hay en la viña del Señor.

Demos las gracias a todos los que arriesgan su vida para apagar esos incendios.

Los alcaldes del valle del Tiétar saben que, junto a la belleza de esa zona, de la Sierra de Ávila, como en otras zonas forestales de nuestra España, se esconde el monstruo de un posible incendio en cualquier momento, algunos criminalmente provocados, con mala leche, por algún asesino del medio ambiente.

—Hay que estar siempre en alerta —dijo Hermógenes a los presentes, antes de cerrar dicho congreso.

El representante de Portugal contó que, en su país, tenían un problema muy similar al nuestro, con los incendios intencionados.

Allí, según él, cárcel, rápido y muchos años a la sombra.

—El que la hace, la paga—dijo a todos los congresistas.

En principio, se derribarían unas 30 viviendas, entre Arenas y La Parra, dando lugar a tres solares, donde se construirían unos 60 pisos para inmigrantes y familias españolas en situación vulnerable, de Arenas y alrededores.

De esa forma se pondría la primera piedra del edificio social que intentaba acabar con la España vacía.

Muchos de esos inmigrantes, ya regularizados, en proceso de integración, cotizando a la Seguridad Social, una vez ya en el mundo laboral español, habían llegado ya con sus oficios, como carpinteros, herreros, hojalateros, zapateros, carniceros, incluso profesores de Educación Física y de inglés o francés. Traerían niños para reabrir las escuelas en lugares como El Hornillo. Serían una bendición, no un problema a solucionar. Serían bienvenidos.

El martes 7 de enero de 2025, para no cometer ningún atentado al Patrimonio Histórico de Arenas y de La Parra, antes de comenzar con la demolición de las viejas viviendas, muchas de ellas en ruinas, solo guarida de gatos, ratas, ratones, etc., el alcalde y dos concejales, junto con un representante de la Asociación de Amigos de la Historia del Valle del Tiétar (AAHVT) y otro de la Asociación para la Preservación del Patrimonio Histórico de La Sierra de Gredos (APPHSG), más el dueño de la empresa de demolición Oruga S. A., fueron, juntos, casa por casa a demoler, en Arenas y en La Parra, recorriendo las estancias: salóncocina, habitaciones, bodega, desván y patio, si lo hubiere, haciendo fotos de todo lo que había, como fotos enmarcadas, colgadas en las paredes, con los aldeanos de primeros del siglo XX, antiguos aperos de labranza, jaulas, palomar, maquinaria pequeña de labor, tenazas colgadas, tinajas en las bodegas, etc.

Tras ver todo y tomar esas fotos, decidieron lo siguiente:

1. Al día siguiente iría un camión de mudanza y un volquete, si era necesario, para llevarse todo eso, menos las tinajas, que se las llevarían los operarios de Oruga S. A. en dos días, ya que eran demasiado grandes y pesadas.

Todo iría al museo etnográfico de Arenas, donde se limpiaría y prepararía para exponerlo, para deleite del público, siendo viva Historia de esa zona.

2. Se sorprendieron al ver tres tinajas enormes en una de las bodegas, con grabados, o sea, cuños de la alfarería tradicional, que decían ser del año 1805, fabricadas en Villarrobledo, Albacete, por la familia Antonio Girón, grandes fabricantes de tinajas para vino de la época.

Tenían capacidad para 500 arrobas, o sea, 6000 litros de vino cada una.

Estaban tapadas, más bien selladas, en perfecto estado. Eran ojivales estilizadas o elipsoidales, con sus bocas, labios, cuello, hombros, panzas y asas intactos, sin un arañazo ni rotura.

El alcalde propuso que dos de las tinajas deberían ir a ambos lados de la entrada del Ayuntamiento, en la Plaza del mismo, donde estaban dos macetas, que se retirarían. Serían un gran exponente del arte y la arquitectura rural de la época.

La tercera iría al Museo Etnográfico de Arenas. Esos grabados o cuños, en la alfarería tradicional, se solían poner para indicar la procedencia de su fabricación. Eso se hacía desde el Imperio Romano, pasando por el Medievo, hasta ese siglo XIX y principios del XX.

En un rincón descubrieron una cuarta tinaja, que estaba muy deteriorada. Algo rota sí parecía. Tampoco llevaba el sello de Villarrobledo. No merecía la pena intentar arreglar aquello. De todas formas, el camión que tenía la empresa la llevó a los almacenes del Ayuntamiento, por si se podía hacer algo por ella, o sea, algo para restaurarla. El tiempo lo diría.

De momento, esas tres tinajas eran las que aún estaban vivas, listas para que la Villa de Arenas disfrutara con verlas, dos en la puerta del Ayuntamiento y una en el Museo Etnográfico. Por supuesto, las tinajas tenían que haber estado ya en las bodegas, antes de construir las estancias de la casa en cuestión, ya que su cuello y su panza no cabían por la escalera que bajaba hasta esa bodega-cueva.

Seguro que las introdujeron en esa bodega-cueva en el siglo XVIII. El sello de Villarrobledo, con su historia de fábricas de alfarería, nos lo decía.

Los Ayuntamientos tenían que estar muy seguros, antes de conceder una licencia de obra, si es que había una demolición previa. Ya hubo sus problemas en pueblos y ciudades como Móstoles, con este tema, cuando aparecieron unas tinajas en un solar, listo para construir, tras haber sido sacadas de viejas bodegas. El alcalde de Arenas no quería que le pillaran en un renuncio, como se dice, en el juego de las cartas y demás.

El miércoles 8 de enero de 2025 llegó esa empresa, Oruga S. A., a Arenas, tras todo el papeleo de contratación.

Ya podían empezar a demoler.

Llegaron:

Manolo, el toledano, que había nacido en Alcaudete de la Jara, con su esposa y dos hijos varones. Ahora vivía en Talavera de la Reina.

Alikhan, el tuerto, ucraniano, con su madre, Arina, y su esposa Alisa, con su hijo Boryslav, de 8 años. Llevaban en España ya un año. Vivían en Móstoles.

Ibrahima, el gigante, un senegalés más fuerte que un toro, midiendo 2.10 metros. Había jugado baloncesto en su país.

Llevaba en España solo 10 meses. Estaba esperando traerse a España a su hijo, su esposa y a su madre. Su padre había fallecido en una de las muchas guerras civiles de esa torturada África subsahariana. Vivía en Talavera de la Reina. Era un gran trabajador y buen compañero.

Vasile, el gitano, un rumano que llevaba en España solo ocho meses. Venía con su esposa y una hija de 15 años. Vivían en Candeleda. Había trabajado también en la vendimia, en la recogida de higos y miel, en todo lo que podía, para salir adelante. Querían comprarse una casa en Poyales de Hoyo, donde vivía ya un amigo suyo, llamado Luis Vargas, también gitano, español, de Vallecas, Madrid.

Romualdo, el colombiano, con su esposa, María, y su hijo Rodolfo, de 12 años. Llevaba en España ya 20 años. Se había nacionalizado, él y toda su familia. Vivían en Móstoles.

En total, un equipo de demolición, compuesto por cinco hombres, dispuestos a dejar esos solares listos para poder construir en ellos.

De momento, todos fueron alojados en una pensión en Arenas. Con el tiempo, algunos de ellos se quedarían a vivir en Arenas y en otros pueblos.

¿Dónde están los que no quieren inmigrantes ilegales o irregulares?

Todos esos trabajadores llegaron a nuestro país ilegalmente, como muchos otros, arreglando, como se dice, «sus papeles», más tarde, pidiendo asilo, para trabajar, integrarse y contribuir al bienestar de nuestro país.

La empresa Oruga S. A., sin esos trabajadores, no sería empresa. No sería nada.

Ese miércoles tenían claro con qué maquinaria tenían que empezar a derribar y demoler las viviendas, ya vacías de piezas que tenían que ir al Museo Etnográfico. También tenían que ser muy cuidadosos con las tinajas, o sea, demoler alrededor, sin romperlas, para que, cuando estuvieran al aire libre, pudieran montarlas en la maquinaria y llevarlas, dos a la Plaza del Ayuntamiento y la otra al Museo Etnográfico, cuyas puertas eran lo bastante anchas como para que pudiera entrar esa tinaja, que quedaría, en realidad, a la entrada del edificio, como primera pieza del museo.

El fundador de la empresa Oruga S. A. era un judío sefardí llamado Simón Pérez, quien, con 55 años, procedente de Tánger, habiendo vivido en Marchamalo, Guadalajara, hasta el año 2000, tras trasladarse a Móstoles con su esposa Judith, enfermera, y su hijo David, ya en la Facultad de Arquitectura de la Universidad Complutense, en su último año de Licenciatura, estableció esa empresa, pensando en ese hijo heredero con el tiempo. Era un buen patrón. Tenía 30 trabajadores en su plantilla. Veinte eran inmigrantes, todos con sus papeles, cinco de ellos ya nacionalizados españoles. Diez eran españoles, de Móstoles, Alcorcón y Carabanchel.

La maquinaria pesada era una marca de esa empresa. Había pocas empresas en España con ese equipo tan completo, caro pero muy útil, a la hora de demoler o derribar edificios. Ellos no construían, solo hacían demolición, dejando los solares listos para el constructor.

Tenían excavadoras, cargadores frontales, *bulldozers*, grúas, rodillos compactadores, camiones volquetes, plumas, brazos, cucharas, etc. Estaban muy preparados para cualquier demolición. Cuando no estaba el dueño en el lugar de la demolición, el gran jefe era Romualdo, el colombiano, que era un experto en demolición, pero con seguridad. La empresa tenía ya 15 años. No había tenido ningún accidente laboral en todo ese tiempo. Eran serios, eficientes y cumplidores en sus contratos de demolición.

Una vez preparados los solares, vendría la empresa de construcción, que era de Candeleda, llamada El Ladrillo Rojo, S.A.

Eran dos socios, uno de Poyales y el otro de Alcorcón. Tenían una plantilla de 45 obreros de la construcción, de los cuales 30 eran inmigrantes, con papeles, por supuesto. No se contrataba a nadie ilegal, aunque ayudaban a regularizar a algunos que mostraban o demostraban que habían trabajado en la construcción en sus países de origen. El jefe de Arquitectura era don Rodolfo Macho, de Navarra. Era un hombre de unos 55 años, con mucha experiencia, habiendo construido casas, puentes y edificios, no solo en España, sino también en Portugal y en Marruecos.

El alcalde de Arenas sabía muy bien a quién contrataba, tanto para la demolición como para la construcción.

La demolición, según tenían programado, se acabaría en algo más de dos semanas, incluso tres.

La construcción sería entre dos y tres meses más.

Total, que, para finales de marzo o abril, como muy tarde, las casas y/o pisos estarían listos. Los operarios de Oruga S. A. se hospedaban ya en una pensión de Arenas. No verían a sus familias en esas dos semanas. Lo primero era el trabajo. En menos de 3 meses estaría todo listo para ser inaugurado, unas 40 viviendas.

¿Luego? Ya se vería. Eso era el comienzo de aquella idea de integrar a los inmigrantes en esa España vacía, con los colegios cerrados, por no haber alumnos. Arenas y los pueblos de alrededor serían un ejemplo para esa España, que tenía que ver la inmigración no como un problema, sino como una solución.

Tras una semana de demolición y retirada de escombros en la mayor parte de esa zona donde trabajaban, llegó la hora de transportar las tres tinajas. Ya había espacio para sacarlas de su hábitat. Romualdo bajó con su equipo. Se subió a unas banquetas, junto con Vasile, Manolo, Alikhan e Ibrahima.

Destaparon la primera tinaja, con gran esfuerzo, ya que la tapa de barro estaba sellando bien esa tinaja gigante. Con cuidado, antes de proseguir con las otras tinajas, bajaron esa tapa al suelo. Metieron la cabeza Ibrahima y Vasile, que eran los más altos. ¿Qué había dentro? No había vino. No había aceite. No había cereales. No había aceitunas.

Pero ¿qué había? Vieron lo que parecía un esqueleto de una persona adulta, sin la cabeza, solo el cuerpo, con los huesos casi esparcidos por el fondo.

No se esperaban ese hallazgo. Se quedaron petrificados. ¿Qué era eso? ¿Un cementerio dentro de una tinaja?

Fueron a la segunda tinaja. Tras retirar la tapa, vieron al fondo un cráneo. No había nada más.

Luego, a la tercera tinaja. Quitaron la tapa. ¿Qué había? Unos papeles antiguos en el fondo de la tinaja, que parecían envueltos en hojas de periódico.

Inmediatamente decidieron llamar a su jefe, quien llamó al alcalde, Hermógenes Alcaide, con sus 74 años a las espaldas, con ganas ya de jubilarse y dejar sitio a políticos más jóvenes.

En cuatro horas, a las 5 de la tarde, ese miércoles 15 de enero de 2025, habían llegado a ese lugar con ese macabro hallazgo: una ambulancia y un coche fúnebre.

A las seis de la tarde ya estaban junto a las tinajas:

Simón Pérez, el jefe y dueño de Oruga S.A.; Hermógenes Alcaide, alcalde de Arenas; dos concejales de Arenas; Daniel Corral, de Urbanismo; el capitán jefe de la Unidad Orgánica de la Policía Judicial de Ávila; el comisario jefe de la Brigada Criminal de Ávila; un teniente de la Guardia Civil; un representante del Instituto de Medicina Legal de Ávila; un médico forense de Ávila; y el jefe de la Policía Local de Arenas.

Cantidad de vecinos curiosos comenzaron a ver ese revuelo, con tantas autoridades, preguntándose qué pasaba allí.

La policía local lo dispersó, diciendo:

—Les rogamos que sigan su camino. No se paren aquí. Tenemos trabajo que hacer.

Tras tener una breve reunión, el alcalde, con las autoridades allí presentes, decidió que había que volcar, con sumo cuidado, las tres tinajas. Ahí entraron ya los operarios de Oruga S.A. En 10 minutos, con la ayuda de alguna maquinaria, las tres tinajas estaban volcadas sobre su panza. Se decidió que el médico forense y el representante del Instituto de Medicina Legal, poco a poco, irían sacando el contenido. En varios sacos improvisados, fueron poniendo todos los huesos de la primera tinaja. Luego, el cráneo de la segunda tinaja. Por último, le pidieron a Ibrahima que se metiera para sacar los papeles y periódicos antiguos.

El comisario jefe de la Brigada Criminal, el teniente de la Guardia Civil y el capitán de la Policía Judicial comenzaron a leer lo que estaba escrito en dos de las hojas, envueltas en algo de plástico como protección, y en hojas de periódico del año 1969. Las dos hojas, parte de un bloc, posiblemente escolar, con rayas, estaban escritas con letra negra, quizás con un bolígrafo. Se las enseñaron a todos. Las cogió el alcalde, con cuidado, sin dejar mucha huella en ellas, para poder leerlas.

Mientras tanto, el resto de las autoridades ordenaron que una ambulancia llevara el cráneo y los huesos del cuerpo encontrado o esqueleto al Instituto de Medicina Legal de Ávila.

La ambulancia hizo lo que se le pidió, llevándose todo ese esqueleto a ese Instituto. En las tinajas ya no había nada más. Hermógenes no daba crédito a lo que estaba leyendo.

Era como una carta-confesión, en inglés, no en español.

Pidió permiso para leerla y traducir lo que podía a los demás.

La supuesta carta decía:

> *Hi, Finder, whoever you are.*
> *Do not be surprised. Just relax and read this letter.*
> *If you have found this letter, addressed to you or to whoever has found it, this is what I have to tell you:*
> *In the jar where you have found a skeleton, without its skull, and without his right hand bones, you will see that there is nothing else, but the remains of a bastard, rapist and a criminal and savage human being, who deserved to die.*
> *Yes, I did kill him, back in 1969.*
> *It was what I call Human Justice.*
> *I ask for no forgiveness for what I did to that son of a bitch.*
> *In the other jar you might have already found the skull.*

It is not together with the skeleton, because I believe that that head should have been separated from that body, the day that bastard was born.

I did what I had to do.

In the other jar you have found this letter, explaining very little about this finding.

You might start to ask yourselves many questions, such as:

Who was the person who was killed?

Why?

How?

When, exactly?

Who was the one or ones who killed him? Woman? Man? Both?

Why is this letter written in English and not in Spanish?

I shall leave that detective work for you.

Good luck.

Signed.

MAAT, the Egyptian Goddess of truth, justice and the cosmic order.

Take it easy with your investigation.

That bastard did not deserve so much work as you are about to undertake.

Well, it is up to you.

Una vez leída la carta por Hermógenes, se la pasó a los demás, preguntando:

—¿Os traduzco la carta?

—Sí, por favor —contestaron al unísono.

Hermógenes la tradujo. Se quedaron todos de piedra. ¿Qué hacer? Bueno, lo primero es estudiar el esqueleto. Ver cómo había sido asesinado. ¿Varón o hembra? ¿Era vecino del pueblo, de la zona? ¿Quién era? ¿Por qué lo depositaron en estas tinajas? ¿Quién vivía en esa casa en 1969? Quedaba mucha tarea por hacer.

No se esperaban que Fortu Pérez, un periodista independiente, lo que se llama un *freelance*, avisado por un amigo de Arenas, aparecería en ese solar, con todos allí sin saber por dónde empezar ni qué hacer, para trabajar no solo como periodista, sino casi como detective e investigador.

Tiempo al tiempo.

¿Quién era Fortu Pérez, quien se presentó primero al alcalde, con su tarjeta, como *freelance*? Lo veremos más tarde.

A sus 74 años, Hermógenes, el alcalde de Arenas de San Pedro, había lidiado ya con mil batallas a lo largo de su vida. Lo de las tinajas no le alteró ni le horrorizó como a otros.

Era un hombre bien parecido, sereno, pensativo, reflexivo y calculador. Era más bien de baja estatura, pero proporcionado. Su afición a los deportes, como el boxeo, además de a la gimnasia, le habían hecho heredar una musculatura atlética, síntoma de buena salud, a sus 74 años.

No había fumado nunca; ahora, que su vino tinto y su cervecita no los perdonaba.

Su próstata, de momento, no le daba el follón, como a muchos otros. En una palabra, estaba hecho, todavía, un toro bravo, listo para ser lidiado. Era Leo, como Napoleón y Simón Bolívar, salvando las diferencias, por supuesto.

Su paso por la alcaldía de Arenas sería similar al de otro gran alcalde, en este caso, de El Hornillo, en la primera década del siglo XXI, llamado Alberto González Marcos, el asturiano, adoptado en esa villa, que lo era desde 1759, en el marco de la aristocrática casa del Ducado del Infantado, en Guadalajara.

No olvidemos que, durante siglos, la aristocracia y la monarquía eran los dueños, con escrituras y demás, de las aldehuelas, aldeas, pueblos, ciudades, etc. Poseían a personas, animales, plantas y tierras. Todo se lo podían vender y comprar entre ellos, como el que vende y compra un chorizo o un conejo. No había ciudadanos. Había esclavos, labrando la tierra de esos señores.

Tanto Hermógenes como Alberto, en esos siglos XX y XXI, veían su cargo de alcalde no como una oportunidad para vivir a costa de otros, sino como un privilegio para poder servir a su pueblo o ciudad. Eran auténticos servidores públicos.

Eran ya las 7 de la tarde en ese solar, todavía con restos de la casa que había que retirar, labor de Oruga S. A., quienes, con su jefe a la cabeza, estaban con los brazos cruzados, siendo meros testigos de cómo las autoridades estaban lidiando con el tema de un esqueleto en las tinajas a retirar.

El sol se estaba marchando para dejar a las cumbres de Gredos, a sus ríos, a su flora, a su fauna y a sus pueblos, en manos de la Luna y su luz.

Sí, esa Luna que era siempre fiel a la cita, acompañada, cual Virgen, por millones de estrellas y otros planetas que daban brillo y esperanza a la noche.

Era el momento de los depredadores, a los que les encanta la oscuridad, como cómplice de su estrategia, con el gato montés pendiente de cazar a un bebé conejo, algo que no logró esa noche, ya que la mamá conejo lo escondió en una cueva, diciéndole al conejo:

—Y una mierda te vas a comer esta noche, cabrón de gato montés. No a mi conejito.

Era la ley de la naturaleza, o sea, depredadores y presas, jugando a sobrevivir y a convivir al mismo tiempo, algo que el depredador más cruel, llamado ser humano, altera día a día, sin saber que, si acaba con esa naturaleza, terminará por cercenar la vida, incluida la suya y la de las generaciones venideras.

Hermógenes miró fijamente, con ojos de halcón, al resto de las autoridades, quienes, más bien, querían ya volver a sus hogares, dejando el tema de las tinajas, de momento, algo aparcado.

El periodista independiente (*freelance*), Fortu Pérez, estaba junto a Hermógenes, no atreviéndose, de momento, a importunarle con preguntas que pudieran llenar su plato de curiosidad sobre ese tema de las tinajas.

Fortu no quería atarse a ningún medio de comunicación. No quería prostituirse, escribiendo lo que la redacción de cualquier medio le ordenara, debido al perfil político, social y económico del mismo. Él era un ser libre. Escribía sus historias y las vendía al mejor postor. Él cocinaba su propio puchero informativo, sin recetas impuestas por otros y otras.

Eso era ser un auténtico *freelance*.

Hermógenes no tardó mucho en darse cuenta de que todos se querían ir ya de Arenas.

Por ello, dijo al periodista Fortu:

—Mañana te veo, a las once, en mi despacho, si es que quieres entrevistarme. Aquí ya está todo el pescado vendido. A otra cosa, mariposa.

—Gracias, alcalde. Mañana le veo. Quisiera una copia de la carta que han encontrado, en inglés, en una de las tinajas —contestó Fortu.

—No se preocupe. El original tengo que dárselo al comisario de la Brigada Criminal. Una copia para la Guardia Civil, una copia para el Ayuntamiento y le daré una copia a usted, con permiso de la Autoridad Judicial, por supuesto. Creo que, entre todos, podremos resolver este misterio. Solo le ruego que no la publique, de momento, hasta que haya un fallo judicial y todo esto acabe de ver por dónde sale. Hasta mañana.

—Gracias. Hasta mañana —contestó Fortu.

Al resto de los presentes, Hermógenes les dijo:

—Señores, os propongo que este solar, esta noche, se quede sin escombros, sin las tinajas y solo, para que no haya curiosos merodeando por aquí, dejando un retén de la policía local, durante algunas horas, paseando por esta acera. Para ello dejaremos que la empresa de demolición termine su trabajo aquí, limpiando lo poco que queda y trasladando las tres tinajas a donde dijimos que irían: dos a los lados del Ayuntamiento, donde están ahora las macetas, y la otra al Museo Etnográfico de Arenas. ¿Estamos de acuerdo?

Todos dijeron al unísono que sí, que se iban todos de allí, esa noche. El esqueleto ya había llegado al Instituto Legal de Ávila.

—Sé que el Instituto Legal de Ávila, al igual que ustedes, a partir de mañana empezarán a trabajar, para intentar responder a preguntas como: ¿quién era el muerto? ¿Quién fue el asesino? ¿Cuándo y cómo lo mató? ¿Por qué lo hizo? ¿Por qué dejó esa carta en inglés? ¿Quién vivía en esa casa, con bodega-cueva y esas tinajas? Para esa respuesta, en el Ayuntamiento, tiraremos del catastro de los vecinos y demás. Estaremos en contacto, para intercambiar la información que vayamos encontrando. No se preocupen.

Hermógenes se dirigió entonces al comisario de la Brigada Criminal, preguntándole si les importaba que Fortu, el *freelance*, tuviera una copia de la carta.

Contestó el comisario:

—Sí, dásela, pero que no la publique. Aparte de ser un *freelance*, un buen periodista, te digo, entre tú y yo, que sospecho, como lo he sabido siempre, y casi estoy en lo cierto, de que también eres agente del Mossad, como lo fue tu madre, según se me informó, en su momento.

El alcalde, al oír que el comisario tuteaba al periodista, le dijo que si le conocía de antes.

Contestó el comisario:

—No nos conocemos. Al ser él un periodista *freelance* y yo policía, hemos coincidido en algunos casos de crímenes a lo largo de algunos años. Además, Fortu y yo fuimos, creo que dos años, al mismo Instituto, en Madrid, cuando éramos mozos. Nos conocemos bien. Yo ingresé en la Policía y él se hizo periodista. Se puede decir que somos amigos. Nos ayudará mucho a intentar descifrar este crucigrama, con lo que hemos encontrado en las tinajas. Tiene el olfato del Mossad, el Servicio Secreto de Inteligencia de Israel —siguió hablando el comisario, al alcalde—. Haga una copia esta noche, antes de irme. Yo me llevo el original. Haga otra copia para la Guardia Civil y el Instituto Legal.

—Tendremos todos juntos que intentar trabajar para resolver esto —contestó el alcalde.

Todos se dijeron buenas noches, y cada mochuelo a su olivo.

Primero, todos se cercioraron de que ya no había nada más dentro de esas macetas. Estaban completamente vacías, aunque con algo de polvo y olor a viejas vasijas de barro, por supuesto.

Oruga S. A. hizo su labor, con el alcalde y el concejal presentes, hasta que acabaron, llevando las tinajas a su nuevo hogar: la plaza del Ayuntamiento y el Museo Etnográfico.

¿Quién era Fortu Pérez? Sabemos que era un periodista *freelance*.

Era un judío, no ortodoxo, de familia sefardí, cuya genealogía se remontaba a aquel 1492, cuando unos españoles, no cristianos, sino judíos, ya que eran españoles, como tú y como yo, fueron injusta y cruelmente expulsados de su patria, su hogar, su trabajo y su vida.

Sí, lo hicieron los llamados Reyes Católicos, con el sello divino de la Santa Iglesia Católica Apostólica Romana.

Fortu, nacido en el Barrio Hebreo de Melilla, en 1975, ya con 49 años, en 2024, en la brecha, como periodista *freelance*, había llegado a Arenas, desde Madrid, donde vivía, avisado por un amigo, quien le había comentado lo de las tinajas y el esqueleto.

Fortu iba y venía mucho a Jerusalén, donde, todavía, en 2024, vivían sus padres, David y Judith.

También viajaba mucho a Londres, Nueva York, Melbourne, Casablanca, Teherán, etc. Iba allá donde pudiera pescar en un mar de noticias, para escribir su informe-reportaje-artículo y venderlo al mejor postor, sin tener que casarse con ningún medio, vendiendo su alma, a cambio.

En realidad, su trabajo de *freelance* le hacía recorrer todo el mundo. Iba allá donde creía que había una buena historia que contar. Nunca se casó, ni con mujer ni con hombre. Era homosexual, pero no iba por ahí mostrándolo, ni participaba en manifestaciones del LGTBI, ni nada por el estilo.

Era un ser muy discreto y reservado, cuando le convenía.

En Madrid conoció, en la Embajada de Israel, a Tommy, un judío americano, que trabajaba para la CIA y el Mossad.

Tommy era huérfano, de padre y madre.

Ambos habían muerto en la Guerra de los Seis Días, el 6 de junio de 1967.

No tenía hermanos. Su tío, Solomon, era coronel del ejército israelí, en 2024, en plena guerra, contra los palestinos.

Fortu y Tommy llevaban juntos desde 2014. Vivían en el barrio de Chamberí, con dos gatos, aunque hablaron, en más de una ocasión, de adoptar a un niño judío o palestino.

A pesar de ser judíos, no les importaba adoptar a un niño huérfano, por la guerra, que fuera palestino. Todavía no lo habían decidido.

El amor a los demás, según Fortu, estaba por encima de las razas, las etnias, los colores, la ideología, las nacionalidades, etc.

Sufrieron mucho, tanto él como Tommy, cuando se enteraron de que habían muerto dos niños, de 4 años, en esa guerra israelí-palestinos: Omar, palestino, el 10 de octubre de

2023, y Omer, judío, el 7 de octubre, cuando el terrorismo de Hamás se había ensañado con más de mil judíos, tomando a más de 200 rehenes.

Ni a Tommy ni a Fortu les gustaba ese infierno del ciclo venganza-guerra-terrorismo-muerte, que había instalado en ese Oriente Medio, hacía casi 80 años. Por supuesto, eso lo comentaban entre ellos, con nadie más.

Fortu le dijo a Tommy:

—Esos niños, de distintas razas, eran solo dos criaturas que nunca supieron por qué morían, en esa sangrienta guerra, aún viva, con sufrimiento y horror.

El amigo que Fortu tenía en la Policía española era el comisario jefe de la Brigada Criminal, que había ido al Instituto, en Ávila, con Fortu, hacía ya muchos años, algo que ya le había comentado a Hermógenes, cuando le dijo que le podían dar una copia de la carta, en inglés.

Seguían en contacto. Ese comisario, al que Fortu había ayudado a resolver algunos casos de violencia de género, pederastia y tráfico de drogas, con las mafias, a lo largo de España, era el que le surtía de material para que Fortu escribiera sus historias y las vendiera.

Solo lo hacía por la amistad de aquellos años jóvenes. No había nada por medio, ni corrupción ni prevaricación ni malversación de fondos. Solo eran dos seres humanos, uno periodista y el otro policía, que se ayudaban mutuamente, basándose en esa confianza y lealtad.

Por supuesto, el comisario nunca le preguntó a Fortu si era agente del Mossad, pero se lo suponía.

Sabía demasiado, como para ser un mero periodista *freelance*.

Su padre, David Pérez, nacido en 1940, en Tánger, como ya se ha citado, aún vivía, en 2024, en Jerusalén, junto a su esposa Judith, madre de Fortu, de la misma edad que David. El abuelo paterno de Fortu, Simón Pérez, había nacido en 1909, en Cracovia, Polonia, muriendo en el campo de concentración de Mauthausen, en 1944.

Con él estuvo otro judío famoso, por ser una gran caza-nazis, quien sobrevivió a aquel genocidio.

Era Simón Wiesenthal (1908-2005), nacido en Búchach, Ucrania, muriendo en Viena. Se dedicó a la caza de los nazis huidos, desde 1945, hasta su muerte, en 2005.

Wiesenthal estuvo en 5 campos de concentración, durante 4 años. Tuvo un intento de suicidio. A lo largo de esos años apuntó, como pudo, el nombre de muchos de esos asesinos de las SS, para, después de la guerra, buscarlos e informar a las autoridades, para que fueran juzgados y condenados.

En 1947, Wiesenthal y 30 voluntarios fundaron, en Austria y en Alemania, el Centro de Documentación Judía, en Linz, sobre todo, para poder encontrar a esos asesinos. Se cree que ayudó a llevar a más de 1100 de ellos ante la justicia. Él había perdido a 89 de sus familiares en esos campos de concentración.

En 1954 logró localizar, en Buenos Aires, a Adolf Eichmann, quien fue raptado y llevado a Israel para ser juzgado y ejecutado.

Fortu, en 1995, con 20 años, se fue a Londres, donde estudió periodismo. Luego trabajó en San Francisco para varios periódicos americanos, hasta que «se independizó».

Sus padres, David y Judith, nacidos ambos en 1940, ya con 55 años en ese 1995, sin más hijos que Fortu, se trasladaron a vivir a Jerusalén desde Melilla.

Judith era cirujano y David era oncólogo. Ambos trabajaban en un hospital de Jerusalén.

Judith, además, era miembro del Mossad.

Era una judía no muy ortodoxa, al contrario que su esposo David y su hijo Fortu, que leían el Talmud y la Torá todos los días.

Fortu, en noviembre del año 2023, con ya 48 años, fue a Gaza y Cisjordania como corresponsal de guerra *freelance,* escribiendo sus artículos sobre la guerra palestino-israelí para venderlos a medios americanos y británicos.

Tommy y él tenían una casita en Arenas de San Pedro, no lejos del lago, donde pasaban sus veranos, hasta que la alquilaron a una familia portuguesa, ya que tenían miedo de que, estando desocupada gran parte del año, las invadiera alguien.

A partir de entonces solían ir al Parador de Gredos, cuando aparecían, algún año, por Arenas.

Les encantaba la Sierra de Gredos, aunque seguían viviendo en Madrid el resto del año, con Fortu muy viajero debido a su trabajo.

Volvió a Arenas en marzo del 2024. No podía aguantar más tanta masacre, guerra y horror en aquella interminable guerra entre palestinos e israelitas.

Ese día, con las tinajas, avisado por su amigo, el policía, comenzaría su labor de investigador y periodista en relación con aquel esqueleto que había sido encontrado en aquellas tinajas. Le quedaba una gran tarea. No iba a ser fácil.

Al día siguiente fue a ver al alcalde de Arenas, Hermógenes, citado a las 11 de la mañana.

El alcalde le recibió, entregándole una copia de la carta en inglés, idioma que ambos controlaban bien.

El alcalde le informó de lo que había podido averiguar.
Le dijo:

—Fortu, en esa casa, con las tinajas, del siglo XVIII, había vivido solo la familia Montiel. Se decía que eran cristianos nuevos, o sea, que procedían de aquellos judíos que nunca se fueron de España, obligados a hacerse cristianos en el año 1492, además de tener que cambiar su nombre y apellido por uno cristiano, en este caso Montiel.

»La empresa de demolición Oruga S. A., incluso encontró en un rincón de la bodega–cueva estos dos libros que te enseño ahora. Son El Talmud y La Torá, algo que nos indica que, a pesar de hacerse cristianos, seguían judaizándose. Tuvieron suerte de que no les pilló la Santa Inquisición, que los quemaba si los cogía en ese renuncio. Los libros irán al Museo Etnográfico, esta mañana mismo.

»En 1965 murió el último de los Montiel. Era soltero. No tenía hijos, ni sobrinos, ni primos. Era el último de la línea de los Montiel. Yo tuve ocasión de hablar con él. Fue muy generoso. En 1964, a los 95 años, hizo un testamento, legando sus tierras, cerca de Poyales del Hoyo y esa casa, al Ayuntamiento.

»En febrero de 1968 se la alquilamos a un pintor, llamado Rodolfo, que decía que había venido de las Islas Canarias, viviendo en Tenerife. Tendría unos 30 años. Parecía muy educado y reservado. Quería pintar todo lo que pudiera sobre nuestra Sierra de Gredos. Vino solo. Parecía no tener familia. En noviembre de 1968 se marchó, pagando una pequeña renta. No le volvimos a ver.

»Por ello, las escrituras de esa casa, con las tinajas, están a nombre de la Corporación de Arenas.

»Usamos esa casa, como otras también donadas, en algunas ocasiones, como almacén de material del Ayuntamiento, como sede de Protección Civil, etc. Nunca bajamos a la bodega-cueva, donde estaban esas tinajas. De hecho, en Arenas y en otros pueblos de la zona, hay algunas casas donadas por habitantes que han muerto sin herederos.

»Los ayuntamientos solemos usarlas, hasta ahora, como sedes de las ONG, de la Cruz Roja, de Protección Civil, etc.

»Ahora ha surgido el tema de la inmigración. Por ello, vamos a construir esas viviendas para ayudar a solucionar lo de la España vacía. Queremos niños. Queremos que se reabran las escuelas en los pueblos, donde solo hay gente mayor, como en El Hornillo, por ejemplo.

»No te podemos dar más información. Supongo que la Policía Judicial, la Brigada Criminal, con tu amigo de juventud, el policía, la Guardia Civil y el Instituto Legal, tras investigar sobre ese esqueleto, nos podrá decir algo sobre quién podría ser, si era hombre o mujer, si era joven o viejo, cómo murió, etc. Si me informan, te puedo pasar esos datos, siempre con discreción.

»No nos gustaría que contaras la historia a trocitos, como en un semanario. Espera a tener todas las piezas juntas. No queremos que Arenas esté en las revistas del corazón o en las necrológicas. Recuérdalo. Por supuesto, no publiques esa carta que encontramos en la tinaja.

—Gracias, Hermógenes —contestó Fortu—. Adiós. Quiero ir al Museo Etnográfico. Tengo que felicitarles por cómo han quedado las dos tinajas, a ambos lados de la entrada al Ayuntamiento. No dejan de ser Patrimonio Cultural de Arenas. Bien hecho. Veo que las han limpiado de su polvo y demás, incluso por dentro. ¿Han encontrado algo más dentro? Me han dicho que la cuarta tinaja, que está un poco deteriorada, ya está en vuestro almacén. No había nada dentro, me dijeron los de la empresa de demolición. Espero que podáis restaurarla.

—Sí, había otra hoja en blanco, aunque con un sello que no se puede leer, ya que está casi borrado, como si formara parte de un cuaderno escolar o similar. Aquí tienes una fotocopia de esa hoja. No hay nada más —respondió Hermógenes.

—Gracias. Nos vemos. Adiós —se despidió el periodista.

Fortu se volvió a Madrid. Tommy y él viajaron a Jerusalén en septiembre de 2024. Quería ver a sus padres, que se estaban haciendo ya mayores, ya con 85 años en 2025, habiendo nacido en 1940.

Él, ya con sus 49 años, todavía tenía energía para viajar e ir a la búsqueda y captura de noticias de todo tipo.

Él no lo sabía, pero su madre, Judith, fallecería el 4 de marzo de 2026, a los 86 años.

Su padre, David, ya con demencia senil galopante, moriría un año después, el 4 de marzo de 2027.

La paz entre israelitas y palestinos se firmaría el 15 de septiembre de 2025, antes de morir Judith y David, algo que les haría ser muy felices. Eran amantes de la paz.

Palestina tendría su estado. No habría más grupos terroristas.

La ONU se encargaría, junto con la Unión Europea y los Estados Unidos, más Rusia, China, Japón y todos los países de Oriente Medio, de hacer un seguimiento de esa convivencia entre palestinos e israelitas.

El sentido común había invadido los corazones de ambos pueblos, con 80 años de guerras y conflictos a las espaldas. Eran buenas noticias.

Ambos padres serían enterrados en Jerusalén.

Luego, Fortu volvería para entrevistarse con su amigo de la Policía y con Hermógenes.

Fortu era como un perro que no soltaba el hueso. Tenía una historia que contar. Lo haría, con el tiempo, ese maestro de la vida.

Oruga S.A. acabó todo su trabajo de demolición y retirada de escombros 20 días después. Los tres solares, dos de ellos en Arenas y el tercero en La Parra, estaban listos para construir en ellos.

La empresa de construcción El Ladrillo Rojo S. A. llegó con su material, su maquinaria y sus trabajadores el lunes 13 de enero de 2025.

Era un día frío, continental, mesetario, propio de esa Sierra de Gredos, sin lluvia, de momento, pero la obra no se podía demorar.

Oruga S. A. ya había desaparecido de la escena, con Manolo, Alikhan, Ibrahima, Romualdo y Vasile, habiendo dejado su huella en aquella Arenas que deseaba integrar a inmigrantes ilegales o irregulares. Se fueron, de vuelta a su hogar y a otros trabajos, en toda España y en Portugal.

El 5 de mayo de 2025 la constructora entregó las llaves de los pisos y algunas casitas bajas, con su patio, a Hermógenes.

En total había, no 40, sino 60 viviendas, 20 en cada solar.

El alcalde comenzó a trabajar duro y rápido, con el resto de los gobiernos, además del suyo, el Autonómico y el Central, para inaugurar aquel proyecto solidario y humano, acomodando, luego, sin dilación, a esos inmigrantes ilegales, además de a 10 familias españolas en situación vulnerable y tres chicos jóvenes que vivirían juntos en uno de los pisos.

Eran cocineros y uno camarero, en Arenas.

La escuela de El Hornillo reabrió, ya que en ese pueblo también se reformaron diez viviendas, donadas, para recibir, con los brazos abiertos, a más inmigrantes, africanos y de Iberoamérica, e incluso dos familias chinas y una de Pakistán.

La escuela abriría con veinte niños, de momento, en septiembre de 2025.

El fuego y el ansia de acabar con la España vacía habían prendido en esa Sierra de Gredos.

Ese programa de integración de los inmigrantes se extendería por toda Ávila, por toda Castilla y León y por todo el resto de España.

Ya se consideraba a la inmigración llamada ilegal como una solución, no un problema.

En septiembre de 2025, el Instituto Legal informó al alcalde de Arenas de lo siguiente:

Hemos llegado a la conclusión de que el esqueleto pertenece a un hombre joven, de 1.70 de estatura. Pudo ser envenenado. Le faltaba la mano derecha, o sea, que habría tenido algún accidente o el asesino o asesina se la cortó y no estaba en las tinajas. No lo sabemos. Luego, el asesino o asesina tenía que conocer bien el cuerpo humano, siendo doctor, enfermero e incluso carnicero, ya que parece que desmembró el cuerpo, cortándolo, separando el torso, el fémur, la tibia, los huesos de las manos y de los pies, además de cortarle la cabeza.

O era carnicero o cirujano.

Lo hizo trocitos, para meterlo luego en la tinaja, con la cabeza en la otra tinaja.

Según la Policía Científica y la Facultad de Filología de la Universidad Complutense de Madrid, el asesino o asesina debía ser una persona bilingüe, por su estilo en el lenguaje de la carta, concienzuda, tranquila y serena, sin asustarle nada la sangre ni nada por el estilo.

Tenía todos los visos de haber sido un acto de venganza, no producto de una pelea, discusión o altercado, etc.

Hasta ahí hemos llegado.

Suponemos que la Policía Judicial seguirá con sus pesquisas. De todas formas, ese esqueleto sigue en nuestras cámaras, en este Instituto.

Hermógenes llamó por teléfono a Fortu, el periodista.

Le informó de lo que le había dicho el Instituto Legal sobre lo que habían averiguado sobre el esqueleto encontrado en las tinajas. Seguirían en contacto.

Fortu llamó a su amigo de la Brigada Criminal, quien ya sabía el resultado de lo que el Instituto había descubierto sobre quién podía ser esa víctima de un asesinato. Fortu le contó lo de la hoja suelta, con un sello casi borrado.

También la tenía el original, ese amigo suyo de la Policía. Se dijeron:

—Estaremos en contacto. De momento no se publicará nada en los periódicos.

—Cuídate —se dijeron el uno al otro—. Nos vemos.

2.ª parte

La familia Guruza

1890 EN ADELANTE

Los años 1890 fueron un decenio con la llamada Década Malva, cuando William Henry inventó la anilina, colorante para la moda.

En Viena, el médico Sigmund Freud creó el psicoanálisis. Armand Peugeot construyó su primer coche de cuatro ruedas, de gasolina.

Se descubrió el agente que causaba la tuberculosis, el *Mycobacterium tuberculosis*.

Comenzó la primera guerra sino-japonesa. Comenzó la guerra de independencia de Cuba, con los EE. UU. derrotando a España en 1898. Los británicos, cuarenta años antes que los nazis, crearon los campos de concentración en Sudáfrica, en 1902, en la llamada Guerra de los Bóers. Etc.

Ocurrieron tantas cosas en ese mundo que daba el carpetazo al siglo XIX, en el que todavía se enviaban esclavos africanos a las Américas, con esclavistas como el señor José Antonio Suárez Argudín, traficante de esclavos, uno de los primeros contrabandistas negreros del mundo, bisabuelo del fundador de la Falange, José Antonio Primo de Rivera.

En el año 1890, en un diciembre frío, más bien helador, en Bilbao, nacía Rodrigo Guruza Castro (1890-1921). Su madre, Maribel Castro Reina, como muchas otras mujeres en aquella medicina en pañales, murió en el parto.

Su padre, Enrique Guruza Corral, pescador, murió ahogado en un naufragio, un mes antes de nacer Rodrigo, a quien adoptó el santanderino Ramón Salas, amigo de la familia, soltero, sin hijos. Ramón vivía en Rostrogordo, Melilla.

Era sargento del Ejército. Rodrigo se crio en Melilla con su adoptante padre. Con 20 años vio cómo su padre adoptivo moría de tuberculosis.

Solo en este mundo, ingresó en el Ejército. En 1921, ya con 31 años y con el grado de teniente, murió en El Annual.

¿Qué fue El Annual? Fue la más grande, terrible y cruel derrota del Ejército español en muchos años, en la llamada Guerra del Rif, por la ineptitud de los mandos, con un rey, Alfonso XIII, que se encargaba de putear por ahí, no de proveer a esos soldaditos españoles en sus guerras en África. Los rifeños, liderados por Abd-el-Krim, vencieron a los españoles de una forma salvaje y vengativa.

Tuvo lugar entre el 22 de julio de 1921 y el 9 de agosto de 1921, mientras que la aristocracia española, los grandes potentados industriales, los políticos y el mismo rey disfrutaban de sus vacaciones, entre bacanales, corrupción y cantos de falso patriotismo, habiendo enviado al matadero a miles de campesinos jóvenes, la mayoría analfabetos, hijos de familias sin tierras, habiendo sido niños yunteros, vestiditos de soldaditos españoles, para morir a manos de esos rifeños, que eran, irónicamente, los abuelos de los 100 000 moros que trajo Franco en 1936 a matar a españoles republicanos en nuestra Guerra Civil.

La batalla se dio en El Annual, una localidad del actual Marruecos, entre Melilla y la Bahía de Alhucemas.

Las cifras de bajas varían, pero muchos historiadores afirman que murieron casi 11 000 soldados españoles y unos 2400 indígenas que lucharon junto a nuestras tropas españolas. Los rifeños perdieron solo a unos 800 hombres. El gran error de ese Ejército español, como siempre ha ocurrido en la Historia cuando ha habido una derrota, fue el menospreciar al enemigo y su poderío, diciendo algo como: «Son unos salvajes. No son soldados. Les venceremos». Craso error.

El general Silvestre, uno de los que cometió ese error, se cree que se suicidó, según contaron los rifeños, cuando vio la derrota a la vuelta de la esquina.

Sus restos mortales están en el Panteón de los Héroes del Cementerio Municipal de la Purísima Concepción de Melilla, donde el autor de esta novela tiene a toda su familia materna enterrada, incluida su madre, María.

Un compositor granadino, llamado Francisco Alonso, entre muchas otras canciones como pasodobles, chotis y demás, compuso el pasodoble *La banderita española*, que sirvió de himno y canto al Ejército español que moría en las batallas del norte de África.

También se usó luego en las juras de bandera. Empieza así:

Allá por la tierra mora,
allá por tierra africana,
un soldadito español.

De esta manera cantaba:
«Como el vino de Jerez y
  el vinillo de Rioja
  son los colores que tiene
  la banderita española...
(sigue más)
El día que yo me muera,
si estoy lejos de mi Patria,
solo quiero que me cubran
con la bandera de España».

Sí, esos que habían sido niños yunteros, esclavos de los señores dueños de las tierras, de los animales y de las personas, desde el Medievo hasta el 14 de abril de 1931, cuando se proclamó la II República, mandando al rey Alfonso XIII a putear en Roma, no en Madrid, eran los que cantaban canciones similares a esta, muriendo en el campo de batalla, como en El Annual, matados por los abuelos rifeños de los nietos rifeños que luego traería Franco a nuestro suelo español, a seguir matando a la juventud republicana española, para luego seguir cantando, como yo lo hice en agosto de 1962 en mi Jura de Bandera en Madrid.

¡Qué irónica es la Historia! Qué falsa y traicionera puede llegar a ser en manos de los que hablan de Patria, claro, la suya, la que ellos tienen, con la panza bien llena, comiendo y bebiendo bien, para luego fornicar y echarse la siesta, para luego defecar y mear, diciendo siempre: «Nosotros somos España. Los rojos la estaban destrozando».

¿Qué se les había perdido a esos jóvenes esclavos campesinos y otros humildes trabajadores en las ciudades y pueblos de España, en lugares como el sacrosanto Protectorado español de Marruecos, o sea, nuestra colonia africana, en lo que hoy es parte de Marruecos, junto con los astutos y taimados franceses, para tener que ir allí, dejando a sus madres, padres y hermanos llorando, porque ni siquiera podían hacer su duelo con el cuerpo de su hijo delante?

¿Iban para gloria de esos generales africanistas? ¿Iban porque a su rey, Alfonso XIII, y a dictadores como Miguel Primo de Rivera les convenía para negociar y entrar en el mundo del tráfico de la compraventa de armas y munición?

¿Qué tiene que ver Rodrigo Guruza y familia con nuestra historia de las tinajas de Arenas de San Pedro?

Las lectoras y lectores somos detectives, además de gozar de la lectura. Nos gusta saber no solo lo que está ocurriendo en el relato, sino qué vendrá después.

Paciencia, seguid leyendo y lo veremos…

Rodrigo Guruza, en 1914, con 24 años, había conocido, en Melilla, a María del Monte, quien vivía en El Polígono, barrio humilde, con El Rastro lleno de todas las culturas: musulmana, cristiana, judía e hindú.

Se casaron en 1915, en la Iglesia del Sagrado Corazón.

En 1916 nació, en Bilbao, no en Melilla, Aníbal Guruza del Monte. Sus padres habían ido al País Vasco a ver a la familia de Rodrigo, o sea, tíos, primos, etc.

Allí se puso de parto María.

El viaje era una excusa para salir de Melilla, con sus solo 12,3 km^2 y «veranear algo».

Tras morir su padre, Aníbal se quedó en Melilla, con su madre y sus abuelos maternos, que eran comerciantes, en El Mantelete, socios de un hindú llamado Khali.

En 1936, Aníbal estaba en Melilla cuando comenzó la guerra civil. Era sindicalista y libertario. Acusado de rojo, marxista y masón, fue apresado, junto a otros melillenses, por los golpistas y enviado al campo de concentración de Zeluán.

Al acabar la guerra, en 1939 se marchó a Francia, cruzando los Pirineos, junto con otros españoles refugiados, los que habían perdido esa guerra.

Fue internado, junto a otros, en un campo de concentración francés, cerca de los Pirineos.

Los campos de concentración de internamiento en Francia internaron a unos 550 000 españoles. A los prisioneros se les daba poca comida. No tenían agua potable ni abrigo alguno.

Muchos de ellos murieron debido a la desnutrición, enfermedades, torturas o asesinatos.

Los franceses les llamaban «extranjeros indeseables», según una ley del 12 de noviembre de 1938.

Aníbal estuvo, primero, en Rieucros (Lozére), cerca de Mende. Luego le enviaron a Gurs. De allí a Argelés-sur-Mer, donde había 100000 llamados refugiados, en realidad, prisioneros.

Esos campos de tortura y sufrimiento eran un terreno de arena cercado por alambradas con púas, sin techo para cobijarse, con soldados senegaleses, como guardianes, con sus ametralladoras y fusiles. Esos prisioneros-refugiados dormían en el suelo.

En esa Segunda Guerra Mundial, en los años 40, los franceses de Vichy, colaboracionistas de Hitler, los entregaron a los nazis para acabar en el campo de concentración de Auschwitz, en Polonia, y en otros campos más, donde estuvo hasta su liberación, en mayo de 1945, ya con 31 años.

El complejo de Auschwitz tenía muchos subcampos, la mayoría de exterminio. En realidad, llegó a tener hasta 45 campos satélites. Estaba en Oświęcim, a unos 43 kilómetros al oeste de Cracovia. Allí, los cabrones de los nazis acabaron con un millón cien mil personas, entre ellos españoles republicanos. La mayoría (un 90 %) eran judíos, aunque también, además de los españoles, perecieron polacos, gitanos, prisioneros de guerra rusos, comunistas, alemanes disidentes del nazismo, etc.

Las SS, esos criminales de guerra, abrieron ese campo el 2 de mayo de 1940. Fue liberado el 27 de enero de 1945 por el Ejército de la URSS.

El criminal jefe era Heinrich Himmler, aunque estuvo dirigido por el oficial de las SS Rudolf Höss.

Al final de la guerra, este asesino fue juzgado, condenado y colgado en 1947, delante del crematorio.

En 1947 se fundó, en Oświęcim, el Museo Estatal Auschwitz-Birkenau como un monumento de los crímenes de guerra alemanes en la Polonia ocupada. La UNESCO lo declaró Patrimonio de la Humanidad en 1979, como símbolo del Holocausto o Shoah.

Sobre 6500 asesinos de las SS sirvieron en ese campo, sobre todo en lo relacionado con «la solución final», o sea, acabar con todos los judíos. Hubo hasta 200 mujeres de las SS, como María Mandel, nombrada jefa de vigilancia.

En esos 5 años, unos 700 prisioneros intentaron escapar. Lo consiguieron solo unos 300.

El 17 de enero de 1945, como diría mi abuelo, con los nazis «cagaos de miedo por la llegada de los soviéticos», comenzaron a huir hacia el oeste de Loslau.

Se llevaron a algunos prisioneros. Los más débiles, moribundos, se quedaron en los campos, esperando la llegada de los liberadores. Miles de ellos no sobrevivieron. El 27 de enero de 1945, los soviéticos liberaron a 7600 prisioneros, muchos de ellos a las puertas de la muerte.

Comenzaron la llamada marcha de la muerte, muchos de ellos muriendo en el camino de la libertad.

Las SS usaban a prisioneros como KAPOS para supervisar y torturar al resto. Usaban a muchos prisioneros para fabricar armas, como esclavos. A los débiles y enfermos los mataban, sin demora alguna.

En septiembre de 1941, las SS realizaron, en el bloque 11, las primeras pruebas del gas Zyklon B, matando a 850 polacos y rusos. Así, luego, construyeron los crematorios y las cámaras de gas para seguir asesinando a seres humanos. También esterilizaron a mujeres judías, haciendo toda clase de pruebas médicas.

El asesino Dr. Josef Mengele experimentó con gemelos. Había de todo, hasta un campo burdel, creado en verano de 1943, ordenado por el nazi Himmler, en el bloque 29, llamado Frauenblock, para premiar a los prisioneros privilegiados, esos que ayudaban a asesinar a su propia raza, etnia o compatriotas.

«De todo hay y ha habido en la viña del Señor», dice el refrán. Hasta cabrones pelotas, traidores y hasta asesinos.

«No hay peor cuña que la de la misma madera», dice otro refrán.

Los alemanes ocuparon Hungría en marzo de 1944; entre mayo y julio, unos 440 000 judíos fueron deportados a esos campos de concentración, donde la mayoría serían asesinados.

A los cuerpos se les extraían los dientes de oro, anillos, joyas, pendientes, collares, etc.

Algunos hornos saturados hacían que se quemaran los cuerpos en los patios.

Los alemanes nazis, con sus SS al mando, usaban a compatriotas de los asesinados, a los que llamaban *Sonderkommandos*, para ayudarles en el exterminio de esas víctimas.

Luego también mataban a esos colaboradores para ser sustituidos por otros, y así sucesivamente...

En solo cinco minutos mataban a unas 5000 personas. Así eran de meticulosos esos asesinos nazis alemanes de las SS.

La víctima, niño, niña, mujer u hombre, llegaba en un tren, bajaba de él por la mañana. Por la tarde ya era cadáver. Su ropa había sido quemada o empaquetada si valía para algo o almacenada, enviándola a Alemania. También enviaban el oro y las joyas.

La empresa alemana IG Farben producía combustibles líquidos y goma sintética con los esclavos prisioneros como obreros, hasta que morían, incluso en el lugar de trabajo.

A los enfermos no les daban la baja, sino que los asesinaban, con gas o de otra forma.

De Polonia llegaron 300 000 prisioneros. De Francia casi 70 000. De los Países Bajos unos 60 000. De Grecia casi 55 000. De la actual República Checa unos 46 000. De Bélgica unos 25 000.

De Yugoslavia unos 10 000. De Italia unos 7500. Los republicanos españoles fueron unos miles también, la mayoría muriendo en esos campos, con la bendición de Franco y la Iglesia Católica de España.

Primo Levi, escritor italiano judío, quien estuvo en Auschwitz en 1944, sobrevivió y escribió un libro que os recomiendo *Si esto es un hombre*.

Hubo heroínas y héroes entre los prisioneros. Una heroína fue Stanislawa Leszczyska, matrona católica polaca, que ayudó a parir, como matrona, a unos 3000 niños, cuidando luego de sus madres y los bebés.

De los 6500 SS asesinos en ese campo de concentración, tras acabar la guerra, solo 750 fueron condenados.

Miles se escaparon a Iberoamérica, a países europeos, a los EE. UU. o se quedaron en Alemania, como si nada hubiese pasado. Hubo miembros de la Iglesia que les ayudaron a escapar, a esconderse, etc., con pasaportes falsos y demás.

Os recomiendo que leáis, de Frederick Forsyth, *Odessa* y veáis la película también.

Muchas personas de la derecha extrema, a lo largo de Europa, desde aquel 1945, han venido negando el Holocausto, diciendo gilipolleces como: «Es imposible quemar y matar a tanta gente en tan poco tiempo». Tiene cojones la cosa, que diría mi abuelo. El nazismo no ha muerto. Sigue latente en las mentes de esa ultraderecha a lo largo de toda Europa, los EE. UU. y en otros lugares del mundo. Hay que estar ojo avizor.

La democracia no es plato de gusto para los exterminadores, asesinos y explotadores del ser humano. Quieren dictaduras, incluso de izquierdas, además de las de derechas. Recordad: en el capitalismo el hombre explota al hombre. En el comunismo es al revés.

Sí. Hubo muchos españoles que murieron en esos campos de la muerte. Otros fueron liberados por los aliados y los soviéticos, sobreviviendo. Otros, como La Nueve, esa unidad de españoles que liberó París del nazismo el 24 de agosto de 1944, fueron los primeros soldados en entrar en París para liberarlo del nazismo. El primer carro de combate que llegó a la Plaza del Ayuntamiento de París ese día se llamaba Guadalajara.

También llegaron las semiorugas, modelo M3, llamadas algunas: Guernica, Ebro, España Cañí o incluso Quijote, con la bandera tricolor republicana.

Os recomiendo el documental *La Nueve, esa gran historia,* producido por Factoría. En realidad, La Nueve era la 2.ª División blindada de la Francia Libre de Charles de Gaulle, al mando de Philippe Leclerc.

Estaba formada mayormente por republicanos españoles, anarquistas, socialistas y comunistas. Entraron en París, ese 24 de agosto.1944, a las 21:20 horas.

Destacaron algunos jefes españoles, como el teniente de Burriana (Castellón), Amado Granell, que apareció en la portada del periódico francés *Libération.*

El 26 de agosto, esas tropas liberadoras de republicanos españoles desfilaron, pasando por los Campos Elíseos y el Arco del Triunfo, portando la bandera republicana española. El embajador franquista español, en París, se quejó a De Gaulle por lo del desfile con esa bandera. De Gaulle lo miró y no le hizo ni caso.

Esos españoles tuvieron que esperar hasta la muerte de Franco, en 1975, para que se abriera una rendija en la puerta a la democracia en España, rendija que se llamó Transición a la Democracia. Muchos no llegarían a ese 1975. Sus hijos y nietos sí lo vieron.

La historia sigue…

Las cámaras de gas de Birkenau fueron destruidas por esos criminales de las SS en noviembre de 1944, para intentar esconder las pruebas de sus actos criminales.

A Hitler, antes de internar a los republicanos españoles que les habían enviado los pelotas franceses de Vichy, se le ocurrió preguntarle a Franco: «¿Qué hacemos con estos españoles que nos envía Francia?».

Franco contestó: «Enterado», que significaba «haz con ellos lo que te salga de ahí. Que les den. Eran y son marxistas, masones y rojos».

Hitler los metió en sus campos de concentración. Así se escribe la Historia.

Aníbal, una vez liberado, superviviente, entre otros pocos, se marchó a Londres, en julio de 1945, donde vivía un hermano de su madre.

Ese tío suyo era Adolfo Pérez, judío, médico oncólogo, nacido en 1920, casado con Judith, enfermera judía, también nacida en 1920.

En 1940 había nacido un niño judío, llamado David, en Cracovia, Polonia. Sus padres habían sido asesinados junto a otros miembros de esa familia, en las cámaras de gas nazis.

David, a través de la Cruz Roja Internacional, fue adoptado por Adolfo Pérez y su esposa Judith. La Cruz Roja le llevó a esos padres adoptantes ese niño adoptado, hasta Londres, en julio de 1940.

Con el tiempo, ese niño, ya llamado David Pérez, tras la adopción, sería el padre del periodista *freelance* Fortu Pérez, nacido en Melilla, en 1975, también adoptado.

David moriría, en Jerusalén, como ya se ha dicho, el 4 de marzo de 2027.

Aníbal, quien ya, sin saberlo, desde 1940, tenía un primo en Londres, llamado David, el polaco, como le llamaban, conoció, en 1946, a una enfermera judía, también superviviente de los campos de concentración nazis, llamada María Levy, también nacida en 1914.

Se casaron en 1949. Tuvieron solo un hijo, en ese mismo 1949, al que llamaron Simón Guruza, quien tendría una trágica muerte a manos de unos asesinos torturadores y violadores, en Tefia, Islas Canarias.

Simón, tras terminar sus estudios de Bachiller, en 1965, con 16 años, fue de viaje con dos amigos a Melilla, ciudad de la que le hablaba mucho su padre. Era homosexual en aquella época, en la que había una ley en España, desde 1954, llamada de Vagos y Maleantes, que se utilizaba para torturar, perseguir, encarcelar, violar y hasta matar a los homosexuales, en lugares como el campo de concentración de Tefia, en las Islas Canarias.

Le cogieron en el Parque Lobera de Melilla, besándose con otro chico musulmán. Los llevaron directamente a ese campo de concentración de Tefia, en las Islas Canarias. Era el año 1965.

Simón Guruza, al igual que aquel chico musulmán, llamado Tuhami, de 18 años, que había conocido en Melilla, no saldría nunca de ese infierno.

Allí fueron violados, torturados y asesinados por unos guardianes nazis españoles, entre ellos Ramón Real Gordillo, un falangista asesino, entre otros hijos de su madre, fascistas, también homosexual, psicópata, torturador y criminal, con instintos asesinos, que iban a misa para confesar sus pecados y «estar a bien con Dios» tras cometer todos esos actos criminales, con la mayor impunidad.

En 1966, antes de cerrar Tefia, otro falangista homosexual, llamado Óscar, también torturaría, violaría y mataría a Daniel, hijo de 12 años de Judith.

Simón nunca se enteró de que su madre, María, se había suicidado en enero de 1966, a los 52 años, tras saber que su hijo estaba en ese campo de concentración.

Su padre, Aníbal, falleció en Londres, en 1984, a los 70 años, de cáncer de próstata.

David Pérez estudió Medicina en Londres. Con el tiempo sería médico traumatólogo en Londres.

En 1962, con 22 años, David, tras acabar Medicina, hizo un viaje a Portugal con unos compañeros. Allí conoció a Judith Cohen, médico cirujano, en un congreso de Medicina, nacida en 1940, en Oporto, quien moriría en Jerusalén el 4 de marzo de 2026.

Judith era hija de un agente del Mossad, que trabajaba en la embajada israelí en Lisboa. Ella, con el tiempo, alternaría su trabajo como médico cirujano en Londres, junto a su marido, con su labor secreta de agente del Mossad, como lo había sido su padre, quien falleció en la Guerra de los Seis Días, en 1967.

La madre de Judith se había divorciado de su padre, marchándose a San Francisco, donde fallecería en 1980, a los 65 años. Madre e hija no se volvieron a ver nunca.

Judith y David no tuvieron hijos, pero adoptaron, en 1975, a un niño judío del Barrio Hebreo de Melilla, llamado Fortu, huérfano de padre y madre, quien, con un año de edad, vivía con su tía, Esther.

En esa adopción les ayudó mucho la Asociación Judía de Melilla, MEMGUIMEL, a través de su presidente y rabino de la Sinagoga Benarroch, Simón Netán.

Fortu, el que sería futuro periodista *freelance,* ese que siempre sospechó que su madre, Judith Pérez, era agente del Mossad, sería, a partir de esa adopción, Fortu Pérez, hijo adoptivo de David Pérez y Judith Cohen, quien, en Gran Bretaña, sería la señora Judith Pérez, ya que la esposa «pierde» su apellido de soltera para adquirir el del marido.

Así es la ley en el mundo anglosajón.

3.ª parte

Londres, Arenas de San Pedro, Jerusalén

EL DIARIO DE JUDITH

Desde que era joven, tras su primera regla, cuando se dio cuenta de que la infancia se la iba a comer esa pubertad que no deseaba, ya que quería seguir meciéndose en esa alegre y relajante butaca de la niñez, sin preocupaciones, más que el jugar, gozar, reír y obedecer a los mayores, Judith, la médico cirujano, siempre escribía en su diario su día a día, sus reacciones a la vida diaria, sus preocupaciones, sus amargos o gozosos momentos, sus cabreos con su familia, con sus compañeros, amigos, vecinos, sus imaginarios personajes, los personajes de los cuentos que leía, sus ratos de felicidad, sus deseos cumplidos y los no cumplidos, la lista interminable de sus fracasos y de sus éxitos, sus suspensos y sus aprobados, sus dudas sobre la existencia de un Jehová castigador y/o bonificador, su estar enamorada, para luego desenamorarse; todo, todo creía tenerlo escrito en su diario, que escribía sin falta todas las noches, antes de acostarse.

Lo más curioso que tenía el diario de Judith, el cual nadie, pero nadie en absoluto, leería jamás, excepto ella, pidiendo a su hijo Fortu y a su esposo David, ya en su lecho de muerte o poco antes, que solo leyeran, como si fuera una novela o cuento ajeno, el episodio de su embarazo, en su adolescencia, de su parto, el tener que abandonar a aquel niño, el asesinato del mismo, etc., era que lo escribía en tercera persona, no en primera.

Esto mismo que ahora se escribe aquí es parte de su diario. Por eso está entrecomillado. Nunca fue un diario al uso, en primera persona, como solemos hacerlo los demás humanos, con el yo, yo y yo. No. Lo escribía al estilo de una novela, con sus personajes, reales para ella, aunque con el viso de ficción, si alguien hubiese osado atreverse a leerlo, algo que ella no permitiría jamás.

Lo escribía, como ahora, con estas palabras, sí, en tercera persona.

Cuando hablaba de ella, decía: «Judith hizo esto o aquello, pensó, dudó sobre esto o aquello, gozó con, sufrió con...».

Para ella, el escribir en tercera persona era un acto de navegar, desde el egoísta yo hasta el altruista nosotros, él y ella.

Era su estilo. Por eso, cuando, antes de morir, en ese 2026, quiso contarles a su esposo e hijo todo sobre aquel embarazo, el nacimiento de aquel hijo, cómo murió, los deseos de venganza de ella, no lo hizo verbalmente, sino que formaba parte de su diario, en tercera persona, permitiendo y pidiendo que lo leyeran, para luego decirles: «¿Tenéis alguna pregunta sobre lo leído, que es como mi confesión, solo ante vosotros, ya que os lo digo claramente: no creo en ese Ser Superior magnánimo que estaba de vacaciones o no estaba, simplemente, cuando el pueblo judío sufrió el Holocausto?».

Su diario, en tercera persona, sigue así:

Judith sabía que esa festividad de Tu B'shaut (Año Nuevo de los Árboles, lunes 2 de febrero de 2026) sería la última de su estancia, no solo en Jerusalén, donde vivía con su esposo David, sino en el planeta Tierra. Todas las demás celebraciones, fiestas y ritos del calendario judío de ese 2026 no los vería ni estaría junto a sus seres queridos, aunque se lo sabía todo de memoria.

En ese 2026 pensaba que se iba a perder: el Purim, el lunes 2 y el martes 3 de marzo; el Pesaj, el miércoles 1 y hasta el jueves 9 de abril; el Pesaj Shemi, el viernes 1 de mayo; el Lag Baomer, el martes 5 de mayo; el Shavuot, entre el 21 y el 23 de mayo; las llamadas Fechas Tristes, con los ayunos, que ella no guardó nunca, ya que no era ortodoxa, pero sí curiosa y siempre con ganas de saber por qué se celebraban esas fiestas: el de Tamuz, Av y el de Tisha BeAv, en julio; el Rosh Hashaná, entre el viernes 11 de septiembre y el domingo 13 de septiembre. Es el comienzo del Año Judío. Ese día, Adam y Eva fueron creados.

El Iom Kipur, que va desde el domingo 20 de septiembre hasta el lunes 21 de septiembre, cuando se recita Izkor. Es el Día del Perdón.

Sucot, que va desde el viernes 25 de septiembre al viernes 2 de octubre, que es el Hoshaná Rabá.

El Simjat Torá, entre el viernes 2 y el domingo 4 de octubre, cuando se recita Izkor, en Shemini Atzeret.

Janucá, que va desde el viernes 4 hasta el 12 de diciembre.

El 10 de Tevet, el aniversario del sitio de Jerusalén, cuando se destruyó el Templo.

Asara BeTevet, el domingo 20 de diciembre. Ese día todos los judíos del mundo ayunan y lamentan la destrucción del Templo, rezando por su reconstrucción.

Todas estas fechas y celebraciones las está escribiendo Judith de memoria. Puede equivocarse en algunas. Como no lo va a ver nadie, ningún judío ortodoxo y docto en celebraciones se lo va a corregir. El calendario judío, que es un irónico juguetón astronómico, juega siempre con los cambios de fechas, según el año, desde los tiempos bíblicos. Lo rigen los ciclos lunares y solares, o sea que no siempre caen esas festividades y celebraciones en el mismo día.

Todo vuelve a esos dos: Luna y Sol.

Judith tiene claro que ella no celebrará más que las fiestas de ese febrero. Le queda poco de dar el follón en este injusto y cruel planeta llamado Tierra. Verá a su esposo, David, y a su hijo adoptado, Fortu, antes de irse al otro mundo, si es que lo hay.

Sí, repetimos, ella nunca ha sido una judía ortodoxa, más bien rebelde, preguntona y siempre cuestionando con sus «por qué esto y aquello». Pero, como muchos otros niños judíos, al igual que los cristianos, con su aprendizaje y formación para la Primera Comunión y la Confirmación, los judíos solían y suelen enviar a su prole, en la infancia y hasta en la juventud, si se dejan, por supuesto, a las llamadas Escuelas Rabínicas, donde el rabino de turno les habla de la Biblia, de la Torá y del Talmud, además de decirles que Jehová les premiará si son obedientes y buenos, pero que les castigará si no lo son.

Judith era y es más bien algo rebelde. Si hay un Jehová castigador, seguro que la sienta en la silla de los acusados y la interroga para juzgarla y decidir qué hacer con ella. Si ese Jehová no existe, sino que es un invento del ser humano, entonces apaga y vámonos. Se acabó la historia.

Pasé por este planeta y luego me fui.

¿A dónde? Ni idea.

*De momento, intentaremos ser buenos los unos con los otros,
dando igual el color, la raza, la etnia, las creencias, lo gordo o lo
flaco, lo guapo o lo feo, con ojos azules, verdes, marrones, etc.*
Así era Judith antes de morir.
¿Después?

*En las Escuelas Rabínicas les hacían rezar, recitar, memo-
rizar ritos y festividades, oraciones, de gozo y celebración y las
de tristeza y petición de perdón a ese tal Jehová, creador de todo,
hasta de los genocidios y las matanzas, no solo de la vida, el
placer y la felicidad. Según el* Deuteronomio, *que tuvo que leer
Judith, ese Jehová era algo genocida cuando les dijo a los judíos
que asesinaran a los amorreos, cananeos, etc., a todos los que no
creían en él, adorando, paganamente, a otros dioses.*

*Cuando los judíos le preguntaron si mataban también a las
mujeres y a la infancia, ese Jehová respondió: «Matad a todos,
incluso a los bebés».*

*«Bueno—pensó Judith—, los libros de la Biblia los es-
cribieron los hombres, algunos diciendo que fue producto de la
inspiración divina. Otros que fue dictada, palabra por palabra, a
esos escritores. ¿Quién sabe?». Ella dudaba de todo. Su padre le
dijo en una ocasión: «Judith, eres una fábrica de dudas». Llevaba
razón, como siempre, al fin y al cabo, era su padre, su creador,
junto con su madre.*

*En la Escuela Rabínica tenían que aprenderse el significado
de todas esas celebraciones. A ella le gustaba celebrar porque estaba
con la familia, con los amigos, con los vecinos, comiendo, bebiendo,
cantando, recitando y hasta bailando. Por eso le gustaban esas
celebraciones judías, además de los dulces que preparaban su madre
y su vecina Esther, gran cocinera. Ella siempre pensó que el Ho-*

locausto, con los nazis alemanes como asesinos, en esa obra trágica de la Historia, siempre fue, como la epidemia de la COVID-19, entre el 2020 y el 2023, un antes y un después en la vida de los seres humanos, su convivencia y sentido del deber, en este caso, de esos ritos y costumbres, haciendo que el mundo judío, en un marco de nostalgia y recuerdos tristes de aquellos seres queridos que se fueron al otro mundo, criminalmente tratados por las SS alemanas y demás criminales nazis, fuera más reflexivo, más recogido, más pensativo, incluso volviéndose más ortodoxo.

Lo que no le gustó a Judith es que tras el Holocausto y luego, tras los actos terroristas de los palestinos y otros, con grupos como Hamás, la venganza se había instalado en el corazón del mundo judío, en su vida diaria, como salvavidas, como recurso de supervivencia, engullendo el mundo del perdón, como señal de su vida diaria.

Ella misma estaba llena de la sed de venganza tras el asesinato de su hijo en Tefía, en 1966. No podía dejar de pensar en ello hasta que llevó a cabo esa venganza, dejando el perdón aparcado hasta el fin de los tiempos.

Ahora, en sus últimos días en la Tierra, se sorprendió ella misma al pensar: «No. No me arrepiento. Lo haría una y mil veces. Lo mataría de nuevo. Eso fue un acto de justicia, no divina, ni humana, sino maternal, que ya es bastante».

Judith y David, desde hacía años, vivían en la calle Ben Yehuda de Jerusalén, también llamada Midrachov. Es una calle peatonal y céntrica, con muchos comercios. Sus mejores amigos, de las familias Cohen, Levy y Guahnich, viven cerca, en la calle de Jaffa. Es lo que se llama el Downtown Triangle. La calle llega hasta la Plaza de Sión. Toma su nombre del fundador del hebreo moderno, Eliezer Ben-Yehuda. En el Shabbat cierran todos los comercios. El problema de esa calle es que a menudo ha estado en la lista de objetivos del terrorismo. A Judith le encanta pasear por ella, observando a la selva humana compuesta por personas de muchos países, la mayoría judíos, aunque también ve cristianos, musulmanes, hindúes, etc. Le gusta oír y hasta casi bailar, a sus 85 años, en el año 2025, al ritmo de la música callejera. David suele decirle que «se porte». Ella, ni caso. Todavía su mente infantil abraza todo su ser. Entre los judíos se ven algunos ortodoxos mezclados con los llamados laicos. En el número 34 está el Club de la Comedia, llamado Off The Wall Comedy Empire, al que han ido en varias ocasiones no solo David y ella, sino también cuando vienen Fortu y Tommy.

Hoy, lunes 13 de octubre de 2025, Judith se ha comprado el libro de Sheleg, Yair A Short History of Terror, Ed. Haaretz. *Ha llegado a su piso, un primero, en un edificio de seis plantas. Es amplio, con cuatro habitaciones y dos cuartos de baño. Judith y David tienen cada uno su habitación. Ya no están en edad de procrear. De todas formas, ya adoptaron a Fortu en 1975. Cuando Fortu viene con Tommy, se suelen quedar con un amigo soltero, también* freelance. *Cuando viene solo, se queda en casa de sus padres.*

Judith, en su habitación con balcón, no tiene fotos colgadas. Los recuerdos los tiene en su mente, no en las paredes. Sí tiene toda una pared con un mapa mundial gigante, con todos los países, donde va marcando por dónde va Fortu, en su trabajo por esos mundos de Dios, bueno, de Jehová. El mapa es de plástico forrado. Durará más que ella. Lo heredará, como todo lo demás, su hijo. Fortu no tiene mesilla de noche. La sustituyó por una pequeña librería, con tres baldas. Encima de la librería tiene un reloj despertador, un transistor, un posavasos para algún que otro gin-tonic antes de acostarse y un wombat *de cartón que se compró en Melbourne, Australia, cuando fue a ver a su amiga Isabel hace unos años. Ya, a su edad, se acabaron los viajes y los cruceros. Jerusalén será su tumba cuando la parca venga a pasar lista. En esa librería no le caben más de unos doce libros. Le gusta leer en papel, no en un e-book.* Tiene Odessa, *de Truman Capote;* Si esto es un hombre, *de Primo Levi;* Jerusalén, ciudad imposible, *de Meir Margalit;* Hezbollah. A History of the Party of God *(¿autor?);* A brilliant friend, *de Elena Ferrante;* El discurso verdadero contra los cristianos, *del filósofo del siglo* II *después de Cristo Celso;* The Spanish Holocaust, *de Paul Preston. Además, tiene un ejemplar de cada una de estas obras: el Talmud, la Torá, el Corán y la Biblia, libros que consulta de vez en cuando. Tiene una mente muy multicultural. Cree en el mal y el bien, algo que unta las mentes de muchas culturas o de todas. Nunca diría algo como: «Este es mi Dios. El tuyo es falso».*

También tiene, en el salón, libros sobre la Primera y la Segunda Guerra Mundial, incluyendo algunos sobre el Holocausto, libros que sí comparte con David, quien, a su vez, tiene su pequeña librería en su habitación, con su cuarto de baño, como lo tiene también Judith. La habitación número 3 está siempre esperando a Fortu. En ella hay libros de viaje e Historia, algo que le encanta a su hijo.

Judith lee en inglés, español y francés. Su hebreo dice que está algo «rusty», o sea, oxidado.

De momento, de nueve a tres tiene una ayuda doméstica, en otra Judith, una judía de unos treinta años, soltera, quien le ha dicho que quiere estudiar enfermería. Judith le ha contestado que le ayudará con la matrícula y el coste de los libros, más una academia, si la necesita. Le ha explicado que la formación es una de las llaves para la puerta de la libertad y que esta es el umbral de la felicidad, así que sí, a estudiar. Echará de menos los falafeles *que le prepara esa trabajadora doméstica, esas croquetas con garbanzos triturados.*

La guerra contra los palestinos, más bien contra los terroristas de Hamás y otros, comenzó el 7 de octubre de 2023, cuando Hamás mató a más de mil judíos y se llevó, como rehenes, a más de doscientos. Ya, en 2025, han muerto cerca de 50.000 palestinos y unos 2.200 israelíes. La paz se cree que llegará en el otoño de 2025. Esperemos que así sea. Judith quiere verlo antes de irse al otro mundo. Supondrá, posiblemente, la existencia de dos estados, el israelí y el palestino, con la supervisión de la ONU y de toda la comunidad internacional. Los israelíes y los palestinos, casi ramas del mismo árbol de Oriente Medio, están condenados a convivir, más tarde o más temprano.

Judith dejó de trabajar como agente del Mossad, al margen de su labor como cirujano, en paralelo, cuando cumplió 75 años, o sea, en el año 2015, algo que agradeció David, al igual que Fortu, los únicos que conocían ese secreto. Ahora solo le quedan recuerdos y deseos de paz y amor entre los pueblos de ese Oriente Medio y en todo el mundo. Cuando Judith se le vaya a cursar enfermería, ya tiene a Fátima, palestina, otra chica joven, recomendada por Judith, para sustituirla. En este caso, si la necesita, Fátima está dispuesta a dormir algunas noches en ese piso. El tiempo lo dirá.

Uno de los episodios que recuerda Judith sobre su época como agente del Mossad tuvo que ver con su etapa de cazanazis, en 1967, sin saberlo, ya que fue un caso de mucha casualidad.

La historia es: en 1967, Judith, con 27 años, ya médico cirujano, con dos años como agente del Mossad, tres años antes de casarse con David, en 1970, paseando por Piccadilly Circus, entró con su amiga María, de 41 años, nacida en 1926, también cirujano y judía, aunque polaca, como ella, en una pastelería llamada Koch's Cake Shop.

Se sentaron y pidieron la lista de pasteles que podían degustar, ya que el mostrador estaba lleno de clientes.

Vino la camarera con esa lista. Era interminable. Resultó ser una pastelería alemana, con pasteles y delicias como: Strudel de manzana, Butterkuchen, tarta de la Selva Negra, Baumku-chen o pastel de árbol, Omar Kbällchen, o sea, bolas de queso fresco, Apfelkuchen, que es tarta de manzana alemana, Käse-kuchen, que es tarta de queso alemán, Crema bávara y muchas más ricas tartas y demás. Se pidieron el Strudel y café con leche.

Tras tomar esa buena merienda, Judith, muy observadora siempre, vio que el pastelero, un hombre de más de 50 años, más o menos, con cara de alemán, serio, alto y ojos penetrantes, estaba sirviendo a una cliente unos pasteles para llevar, pero usando solo una mano, la derecha. Parecía faltarle el brazo izquierdo. La mujer, también rubia, con ojos azules, auténtica alemana, de la misma edad que el pastelero, iba de mesa en mesa atendiendo a los clientes.

De pronto, María le dijo a Judith que si habían acabado se quería marchar de allí. Pagaron y salieron de la pastelería.

Se sentaron en un pequeño parque cercano.

Judith le preguntó a María qué es lo que le pasaba. Estaba lívida, blanca, casi sin respiración. María la miró y le dijo:

—Judith, acabo de ver a Frida, guardiana en Ravensbrück, cuando yo estuve allí, en 1942. Es ella. Estoy segura. Era una *bestia de mujer, torturando a todas las prisioneras que podía. Era una SS, de las 10 000 que hubo en esa guerra, de las que casi 4.000 eran guardianas, más animales y crueles que los hombres SS.*

—¿Estás segura, María? Esto es muy grave. También me ha extrañado a mí que el que puede ser su marido, el pastelero, de la misma edad que ella, no tenga el brazo izquierdo. María, tengo un presentimiento. No sé si sabrás que los miembros de las SS, miles de ellos también como guardianes en los campos de concentración y otros en otros puestos, incluso en el frente de batalla, tenían tatuado, con las letras A y B, además de otros tatuajes, sobre su tipo de sangre, en el antebrazo izquierdo. Cuando acabó la guerra, en mayo de 1945, todos sabemos que miles, pero miles, de ellos lograron escapar, yendo a América, Australia, incluso quedándose en Europa y hasta en la misma Alemania. Algunos se pegaban un tiro en el brazo para quitarse ese tatuaje. Otros llegaron hasta cortarse el brazo. Como cirujanas que somos, sabemos que, si te lo hace un cirujano, con los medios necesarios, pierdes el brazo y la mano, pero puedes sobrevivir.

—¿Qué hacemos, entonces? —contestó María.

—Voy a contactar con Isaac, mi jefe en el Mossad. Le contaremos lo que sospechamos.

Al día siguiente, Isaac, tras oír esa historia, fue a la pastelería, con Judith y María, a tomar un café con un pastel. Tras observar al pastelero y a la camarera, miró a ambas mujeres y dijo:

—Tomemos nuestro café. Comamos el pastel. Pagamos y nos vamos. Os hablo en el parque.

Eso hicieron. Se sentaron en un banco e Isaac les dijo:

—Tengo un buen amigo, inspector de policía británico, además de judío, hijo de una víctima del Holocausto. Él nos va a ayudar.

Sabían que la pastelería cerraba a las 9 de la noche.

Dos días más tarde, a las 9:10 de la noche, habiendo entrado en la pastelería a las 8:30, tres hombres, entre ellos Isaac, junto con Judith y María, no se fueron.

El pastelero les dijo que iban a cerrar. Se quedaron mirándole.

Uno de los hombres, el inspector de policía, Lance Taylor, se levantó. Cerró la puerta, bajó la persiana de dentro y le dijo al pastelero que se sentara, además de a su mujer.

Comenzó el interrogatorio tras enseñarles su placa de policía.

—¿Cuánto tiempo llevan ustedes en Londres? ¿Nos permiten su documentación?

Tanto el hombre como la mujer les trajeron los pasaportes. Eran alemanes.

El pastelero se presentó como Derek Koch, antiguo prisionero de guerra en Alemania, que había emigrado a Gran Bretaña en mayo de 1946, junto a su esposa Frida, sin hijos. Les dijo que había trabajado en Dunn's Bakery, en Muswell Hill-Broadway, London, desde 1946 hasta 1956.

En 1957 abrió ese negocio, Koch's Cake Shop. Había aprendido el oficio de pastelero de su padre en Alemania, antes de la guerra.

En la guerra fue cabo 1.º, o sea, Obergefreiter, *en la* Wehrmacht, *o sea, el ejército alemán.*

Había luchado en la Unión Soviética, cayendo herido en Stalingrado, perdiendo el brazo izquierdo en esa batalla.

En febrero de 1946 se casó con Frida, quien había sido enfermera en un hospital de Berlín. Emigraron juntos a Gran Bretaña.

—¿Por qué quieren saber todo esto? Lo único que hemos hecho desde que llegamos a su país, tras haber estado unos meses como prisionero de guerra en Alemania, es trabajar, sin meternos

con nadie. Tenemos nuestra pastelería. Puede preguntarle al dueño de la pastelería Dunn's por mi comportamiento como trabajador durante diez años. No tengo más que añadir. ¿A qué viene este interrogatorio?

El inspector Taylor miró a María y le preguntó:

—¿Conoces a esta mujer, aquí llamada Frida Koch?

—Sí. La reconocí el primer día en que entré en esta pastelería con Judith. No ha cambiado de nombre. Sí, se llama Frida, pero no era enfermera, sino miembro femenino de las SS en la Alemania nazi, guardiana en 1942, en el campo de concentración de Ravensbrück, cuando yo era una prisionera. Ella, al igual que otras de sus compañeras, nos torturaban, nos humillaban, decían que nos matarían por ser «unas cerdas judías». Sí, es ella. Lo puedo jurar ante un juez, un jurado o donde sea.

Isaac y el inspector Taylor miraron a Frida.

—¿Es eso cierto?

—Nosotras solo cumplíamos con nuestro deber. Teníamos que obedecer a los mandos, que solían ser hombres. No torturamos a nadie. Simplemente fuimos oficiales de prisión. Es lo que hicimos.

María la miró y dijo:

—Está mintiendo. Se les veía el placer que sentían cuando nos torturaban. Eran unas nazis, con su uniforme de guardianas de las SS.

Lance Taylor miró al pastelero y dijo:

—¿Seguro que usted fue un mero cabo 1.ª en el Ejército alemán, perdiendo el brazo en Stalingrado? No nos mienta, que será peor. Estas dos señoras son cirujanas. Déjelas que vean su operación, o sea, su brazo izquierdo o lo que queda de él.

Derek se levantó, se subió la camisa de manga larga y mostró su brazo, o lo que quedaba de él.

Las dos cirujanas tocaron el muñón que le quedaba. Vieron la operación que le habían hecho y se pronunciaron al unísono:

—Ese brazo fue cortado por un cirujano. No perdió el brazo por un disparo o una bomba. Se ve que se hizo a conciencia y muy profesionalmente, posiblemente para que desapareciera el tatuaje con las letras A y B o similar.

El inspector miró a Derek y le dijo:

—¿Qué dice usted a esto? ¿Era usted miembro de las SS?

Derek contestó:

—Sí. Lo era. Mi padre me obligó a hacerlo cuando yo era muy joven. Me regaló, incluso, una hebilla de un cinto con el lema: «Gott mit uns» (Dios con nosotros). Ese cinto lo tiré al mar antes de venir a Gran Bretaña. Sí, fui lo que se llama Rottenführer, o sea, cabo 1.ª en la SS. Estuve destinado en las cocinas de Mauthausen como jefe de cocina, con cocineros judíos, gitanos y ucranianos. Nunca fui guardián. Nunca torturé a nadie. Nunca maté a nadie. Sí, fui miembro de las SS, pero no fui un criminal.

Habló Isaac:

—Escuchen bien esto. No vamos a raptarles ni a llevarlos a Israel para juzgarles. La policía británica supongo que abrirá un expediente de expulsión. Si están de acuerdo, se habla con la Embajada Alemana y ustedes vuelven a Alemania, a su país. Aquí, en Gran Bretaña, no queremos ningún SS.

—Estamos de acuerdo —dijeron Derek y Frida—. Nosotros solo queríamos vivir en paz, de nuestro trabajo. Solo eso. Si tenemos que volver a Alemania, lo haremos. ¿Caeremos en manos de la policía alemana?

—Suponemos que sí —dijo el inspector—. Que la policía alemana haga lo que crea conveniente con ustedes.

Así ocurrió. La pastelería cerró. Los dos nazis volvieron a su país, donde, tras ser interrogados por la policía alemana, quedaron en libertad vigilada. Un año más tarde abrieron una pastelería en Hamburgo.

Judith siempre se acordó no solo de esos dos SS, sino de lo buenos que estaban sus pasteles. Es el eterno dilema entre el perdón y la venganza. Había que creer que no habían matado a nadie, aunque Frida sí pudo ser una cruel guardiana, como afirmaba María.

Fin de la historia de esos SS.

Judith, tras recordar el episodio de los SS y la pastelería alemana en Londres, siguió escribiendo en su diario en tercera persona.

De vez en cuando se preguntaba a sí misma: ¿Quién es Judith? ¿A qué ha venido a este planeta, con guerras, genocidios, venganzas, muerte de inocentes, como niños, niñas y mujeres, con agresores como los nazis, los terroristas como Hamás, además de nosotros, los israelitas, ahora matando a esos inocentes, buscando a los terroristas?

¿Cuál era su misión cuando la parieron en este mundo tan injusto y cruel? ¿Por qué no pudo elegir en qué planeta nacer o no nacer, en absoluto?

Sería la edad, pero el caso es que se planteaba demasiadas preguntas sin respuestas.

Judith, antes de casarse en 1970 con David Pérez, era Judith Levy, hija de Aarón Levy y María Levy, joyeros en Oporto, Portugal. Sus padres descendían de judíos sefardíes expulsados de Navarra en 1497, cinco años después de la expulsión de los de Castilla y Aragón por los Reyes Católicos, con la bendición de la Santa Iglesia Católica.

Aunque los judíos portugueses habían sido expulsados el 5 de diciembre de 1496 por el rey Manuel I, con un decreto que expulsaba también a los musulmanes, esa expulsión no fue oficial hasta octubre de 1497.

Los ancestros de Judith se habían asentado en 1497 en Salónica, Grecia, controlada por el Imperio Turco, hasta 1920, cuando fueron vencidos por los británicos en la Primera Guerra Mundial en 1918.

En 1875, algunas familias acomodadas de origen sefardí portugués, castellano, aragonés y navarro, que se habían asentado en Salónica, Marruecos y Turquía, siguieron su diáspora por toda Europa, volviendo algunos a Portugal.

La familia de Judith, o sea, sus tatarabuelos, fueron unos de esos judíos en ese siglo XIX. Su tatarabuelo Simón fue el rabino de la Sinagoga de Lisboa, inaugurada en 1904, la primera tras el siglo XV.

En el año 2014, el Parlamento Portugués otorgó la nacionalidad a los descendientes de judíos sefardíes expulsados de Portugal. Desde 2015, cientos de judíos turcos, descendientes de aquellos expulsados de Portugal en 1497, emigraron a Portugal, obteniendo la nacionalidad portuguesa. Judith nació en 1940 en Oporto, cuando sus padres tenían ya 30 años, habiendo nacido ellos en 1910 en Lisboa.

Judith, con sus 14 años, en 1954, era una niña, ya mujer, feliz, juguetona, curiosa y muy preguntona. No se conformaba con una sola respuesta. Quería todos los matices de cualquier tema. A los adultos los dejaba boquiabiertos por su interés en temas sociales, algo no propio en una niña tan joven. Estaba estudiando Bachiller Elemental, luego Superior, en Oporto, además de ir a la Escuela Rabínica, donde leía el Talmud y la Torá.

En ese 1954, solo con 14 años, en su reciente estrenada pubertad, conoció a un cristiano llamado Rodolfo Roque, de 17 años, vecino, hijo de otro joyero portugués, como Aarón. Se enamoraron. Ella se quedó embarazada antes de cumplir los 15 años. Solo se lo dijo a su madre, quien fallecería en 1960 a los 50 años, víctima de un cáncer de páncreas. Su padre, Aarón, no se enteró de ese embarazo.

Rodolfo le dijo que abortara. Ella se negó. Además de ser ilegal, ella estaba en contra del aborto.

Cuando Judith estaba de dos meses, su madre la envió a Londres, con su hermano Isaac y su familia, también joyeros, como su cuñada Esther. Judith no volvió a ver a Rodolfo jamás, quien moriría de tuberculosis a los 20 años en 1957.

Los tíos de Judith, que se convertirían en sus padres y en los abuelos del bebé que iba a nacer, tenían dos niños pequeños: Isaac y Esther. La trataron con amor y comprensión, sin juzgarla en absoluto.

A su padre, Aarón, todos en Portugal le dijeron que Judith había ido a Londres para cursar 1.º de Bachiller Superior o equivalente y aprender inglés, ya que ella quería estudiar Medicina, a ser posible en Londres, viviendo con sus tíos y primos. Quería ser médico cirujano. Le encantaba ir al Museo Británico y ver algunos animales disecados.

Daniel, el hijo de Judith, nació el 6 de noviembre de 1954, tras nueve meses de gestación. Judith se quedó a vivir con sus tíos y primos.

Isaac y Esther serían sus padres adoptivos hasta la muerte de Daniel en 1966, asesinado en Tefia, como lo había sido otro joven llamado Simón.

Aarón moriría sin saber que tenía un nieto llamado Daniel. Así moriría en 1965, con solo 55 años, en un accidente de tráfico.

Daniel, en 1966, cuando su madre ya había acabado Medicina y estaba terminando su especialidad como cirujano, tenía solo 12 años.

Fue con sus abuelos londinenses, o padres adoptivos, Esther e Isaac, en realidad los tíos de Judith, a Melilla, para hacer la Ruta Sefardí de esa ciudad y ver a la familia sefardí de esos abuelos.

En Melilla, el 6 de mayo de 1966, con Daniel, un joven ya espigado, más bien alto y desarrollado para su edad, con aspecto de un joven de 16 años, deportista, atlético y fornido, en Melilla conoció a quien él creía un primo segundo o tercero, en la línea materna. Se llamaba también Aarón. Tenía 18 años. Ambos eran homosexuales. Se cayeron bien desde el principio. Fueron a dar un paseo por los parques de Melilla, primero al Hernández y luego al Lobera, parque donde los homosexuales solían esconder su amor por la homofobia de la época. Sentados en un banco, contándose su vida y lo que querían estudiar en el futuro, se besaron. Apareció la policía local, más bien nazi, que, según la Iglesia Católica, era la encargada de «hacer guardar la moral».

Los llevaron al cuartelillo. Sin juicio alguno, al día siguiente los trasladaron al campo de concentración de Tefia, donde llegarían dos días más tarde, en barco. Allí se suponía que «los reeducarían», ya que la homosexualidad se consideraba un error, una aberración, una enfermedad, un pecado, una falta de moral y educación.

Fue un caso parecido al de Simón Guruza y Tuhami, asesinados en Tefia en 1965, por aquel falangista asesino llamado Ramón Real Gordillo, amigo de Óscar, el otro asesino. Óscar pagaría por ello. Ramón se fue de rositas, como muchos otros criminales que les amargaron la vida a esos homosexuales prisioneros en Tefia.

Fueron recluidos en ese campo de concentración al que, eufemísticamente, le llamaban La Colonia Agrícola Penitenciaria de Tefia, en la aldea de Tefia, en el municipio de Puerto del Rosario, de la isla canaria de Fuerteventura, campo inaugurado el 11 de febrero de 1954, que cerraría el 21 de julio de 1966. Se abrió para dar cumplimiento y castigo a los que infringían la Ley de 1954, llamada de Vagos y Maleantes, entre los que se incluían a los homosexuales «a reeducar».

Judith fue informada por su cuñada Esther de lo que había ocurrido con Daniel en Melilla y de que estaba preso «por atentar contra la moral» en Tefia, en las Islas Canarias, adonde llegó a los tres días del ingreso de Daniel en ese campo de concentración.

La dejaron ver a su hijo, pero le dijeron que estaría allí hasta «ser reeducado».

Según le contaron en ese Tefia maldito, les tratarían bien para reeducarles a Daniel y a su primo Aarón.

Cuando Judith se enteró de que su hijo Daniel había sido arrestado, no le dijo nada a nadie sobre ese tema. Solo buscó a un buen abogado, llamado David Harris, quien vino a España para intentar sacar a Daniel de aquel infierno. No lo consiguió.

Isaac y Esther, quienes habían criado a Daniel en Londres desde que nació, como a un hijo, estaban consternados.

Isaac y Esther volvieron a Londres sin saber por qué habían arrestado a Daniel. No sabían qué decirle a Judith, quien les dijo que ellos no tenían la culpa.

En septiembre de 1966, con Daniel ya asesinado, sin ellos saberlo, Isaac y Esther, camino de Liverpool para ver a unos amigos, murieron en un accidente de coche.

Un camión se empotró contra su coche. Sus dos hijos se fueron a vivir con Solomon, un hermano de Isaac, ya que los abuelos paternos habían muerto el 4 de marzo de 1966, en el vuelo 402 de Canadian Pacific Air Lines, en el Aeropuerto Internacional de Haneda, en Tokio, Japón. Iban hacia Vancouver para ver a una hermana de su hijo Isaac. Ese vuelo cubría el vuelo 402 desde Hong Kong a Vancouver, con escala en Tokio. Habían ido a Hong Kong, invitados por una amiga de la infancia de Esther.

Ni Isaac, ni Esther, ni Judith volverían a ver a Daniel nunca más. El asesino se lo había entregado al océano Atlántico, ya muerto.

Aarón salió de Tefía, donde había estado internado desde el 8 de mayo de 1966 hasta el 20 de julio de 1966, después de esos dos terribles y torturadores meses, preso, tras haber visto cómo habían torturado y matado a Daniel.

Volvió a Melilla.

Allí moriría, alcoholizado y amargado. Tefía le había destrozado, como a muchos otros.

Con 73 años, Aarón, en 2021, murió, víctima de la CO-VID-19.

Era zapatero en el rastro de Melilla. Vivía solo, sin pareja alguna, amargado, acordándose de Daniel y cómo le habían asesinado en Tefia.

Le habían destrozado la vida en esos dos meses en Tefia.

No «pudieron reeducarle». Murió alcohólico, a veces paseando por el Parque Lobera, recordando a Daniel.

Desde aquel 1966 hasta su muerte en 2020, fue un muerto viviente. El régimen franquista, con la bendición de la Santa Iglesia Católica, le había segado la vida y negado la posibilidad de ser feliz, como les ocurrió a muchos otros en esa España de represión y angustia.

La Colonia Agrícola Penitenciaria de Tefia servía para la reclusión de presos comunes y políticos, además de «para la reeducación de homosexuales varones». Ahora, en 2025, actúa como albergue juvenil.

La Ley de Vagos y Maleantes permitía la reclusión de los homosexuales de uno a tres años, ya que se les consideraba un peligro social.

En ese campo de concentración, de trabajos forzados, eran sometidos a condiciones inhumanas, trabajo hasta casi morir, palizas, torturas, incluso violación, otros castigos corporales y hambre.

Ese Tefia había sido aeródromo civil durante la Guerra Civil (1936-1939). Allí estuvieron unos 100 homosexuales presos durante algunos años, entre 1954 y 1966, cuando se cerró.

Era un terreno pedregoso. Hacían labores agrícolas de sol a sol e instrucción militar, con represión sexual y torturas.

Lo dirigía, en principio, un carmelita castrense de Vitoria. Cuando se cerró, a los presos que quedaban los trasladaron a la prisión de Barranco Seco, en Las Palmas de Gran Canaria. Daniel y Aarón fueron violados, torturados y humillados en aquel infierno de Dante.

En 1910, en Cádiz, España, nació Óscar del Monte Arteaga, hijo de Julio del Monte Roldán y de Eusebia Arteaga Mansera, ambos de 30 años, habiendo nacido ambos en 1880. Venían de Bilbao, llegando a Cádiz para comprar una pescadería en el Mercado Central de Cádiz. Sus familias siempre habían tenido pescadería en Bilbao, pero querían vivir y criar a sus hijos donde el sol es una bendición, donde la alegría llena las calles y donde no llueve 150 días al año, de la mañana a la noche.

Sí, echarían de menos su Bilbao, su puerto, su mercado y sus gentes, pero es que Eusebia, aunque vivía en esa ciudad vasca, su familia materna era de Cádiz. Conoció a Julio cuando este estuvo en el Ejército, como cabo 1.º, siendo destinado a Cádiz. No tendrían más hijos que ese, Óscar.

El Mercado Central de Cádiz, obra de Torcuato Benjumea, edificado en los terrenos del antiguo Convento de las Descalzas, hoy Plaza de la Libertad, expropiado en la década de 1830, fue inaugurado en 1838, durante la Primera Guerra Carlista, que duró desde 1833 a 1839, sangrando a España gracias a la codicia y corrupción de los políticos, como siempre.

Ahora, en 2025, tiene 57 puestos de frutas y verduras, 54 de pescados, crustáceos y moluscos, 44 de carnes, 7 de congelados, 4 de pan y bollería, 1 de bolsas y papel, 1 de artículos de pesca y hasta una cafetería en el primer piso. Es lo que se llama La lonja gaditana.

Óscar nació en una casa baja de los padres, en la calle Sagasta.

Desde los 14 años comenzó a aprender el oficio de pescadero, aunque, como vendedor de pescado, era más bien antipático, incluso haciendo comentarios cerdos y machistas sobre algunas jóvenes clientas.

En 1935 dejó embarazada a Agustina, una joven de 20 años, hija de un carnicero. Buscaron a la partera del barrio, quien la hizo abortar. Luego, el muy cabrón la abandonó. Agustina se tuvo que ir a Barcelona con unos tíos que vivían en esa ciudad, como muchos andaluces y extremeños, además de murcianos. Barcelona, en esa época de emigración interior, era como Alemania y Francia en los años sesenta del siglo XX, acogiendo a miles y miles de emigrantes de esas regiones donde solo habitaba la pobreza y la injusticia social. La madre de Óscar, cuando él nació, había sido hábilmente asistida por esa misma matrona gitana, llamada Lola la Partera.

Algunas vecinas, con el tiempo, al ver la mala leche y cómo ese joven se metía con los demás, siempre en peleas, comentaron algo como: «Su madre podría haber cerrado las piernas cuando iba a nacer ese burro hijo de su madre...».

Los padres de Óscar murieron en los años 40, en plena Segunda Guerra Mundial.

El padre, un hombre de ideas radicales, de derechas, tras haber luchado junto a los golpistas, con más de 50 años en la Guerra Civil de España (1936-1939), siempre de cocinero en su Regimiento, en la toma de Bilbao en 1937, en julio de

1941, cuando Óscar tenía 31 años y él ya 61, se alistó en la División Azul, algo muy inusual para un hombre de su edad.

Dijo que quería ir a Rusia para acabar con el comunismo. Su tumba está en Grigorovo, en la URSS. Le llevaron para trabajar de cocinero, como en la Guerra Civil, sabiendo que, como buen pescadero, podría ayudar en esas cocinas de esos combatientes franquistas y anticomunistas.

En la batalla de Krasny, una barriada de Leningrado, una bomba soviética cayó en las cocinas, matando a 25, entre cocineros y ayudantes. Esa División Azul perdió, en esa batalla, a 2.252 combatientes franquistas, en un solo día. Julio fue uno de ellos.

Esa División Azul, que deseaba ayudar a los nazis, con sus ideas de raza superior, tuvo 25 000 bajas, luchando contra los soviéticos, de las cuales 5000 cayeron muertos en los campos de las estepas rusas. Otros fueron hechos prisioneros, muriendo la mayoría en los llamados *gulags* soviéticos.

La mayoría de los 45 500 voluntarios, que iban a barrer el comunismo de la URSS, eran jóvenes, de entre 20 y 30 años. Julio fue el mayor. Le llamaban «el abuelo».

Eusebia, en 1945, se suicidó en el Atlántico. No sabía nadar. Entró aguas adentro, en la playa de La Cortadura. Su cuerpo nunca se encontró. Tenía depresión y ansiedad en aquella época en la que la psiquiatría estaba en pañales.

Óscar se quedó solo en el mundo.

Su hijo Óscar, de 31 años, fue rechazado, no pudiendo ir con la División Azul por una incapacidad, ya que le faltaba la mano derecha, debido a un accidente que tuvo en 1930, a los 20 años, con una máquina de cortar pescado.

Le hubiese gustado ir con su padre, ya que sus ideas estaban incluso más a la derecha que las de su padre. Había ingresado en La Falange en 1934, partido fundado por José Antonio Primo de Rivera y Sáenz de Heredia el 29 de octubre, en plena II República.

La Azul se llamó la 250.ª División de la Infantería de la *Wehrmacht*.

En 1946, con 36 años, Óscar se fue a Barcelona. Le nombraron delegado de Juventudes, a semejanza de las llamadas nazis Juventudes Hitlerianas, en los años 30 y 40, en Alemania. No trabajaba en nada. Su misión era solo espiar y ver a quién podía denunciar por disidente político, rojo, comunista, libertario, sindicalista, etc.

Era un homosexual reprimido en secreto. Tuvo un novio que era el párroco de una barriada de Barcelona.

Después, en Tefia, era un amigo «muy íntimo» de otro guardia asesino, llamado Ramón Real, el que había asesinado a Simón y a Tuhami. Ambos criminales eran temidos hasta por sus propios compañeros.

Luego otro y otro, algunos falangistas, otros sin ideas, pero que se sometían al acoso sexual de aquel depravado, asustados por si él los denunciaba.

Los esclavizaba para abusar de ellos. Ese era Óscar en Barcelona, en los años 40 y hasta 1954, cuando llegó a Tefia, donde la consigna que recibieron los guardianes era: «Hay que reeducar a estos maricones. España no puede permitirse el seguir teniendo maricas, comunistas, rojos marxistas y gente de mal vivir. El Decreto de la Ley de Vagos y Maleantes hay que cumplirlo a rajatabla».

En 1954, cuando se abrió el campo de concentración de Tefía, fue como guardián, gracias a la recomendación de un sacerdote, amigo del carmelita castrense que fue el primer director de aquel infierno.

Óscar, al igual que la otra bestia humana, Ramón Real, estuvo esos 12 años en Tefía amargando la vida de los prisioneros, sobre todo de los homosexuales, torturando, vejando, humillando y hasta violando a los más jóvenes, con total impunidad. Era una bestia humana, con sus ideas nazis de superioridad y odio al resto de los mortales. Decían que esos prisioneros eran un peligro social. Todo ocurría en aquellos años 50 y 60 del siglo xx, cuando Europa estaba despegando hacia la libertad y España seguía viviendo su dura y cruel represión franquista.

España era de los vencedores. Podían hacer de ella lo que quisieran. Se lo permitía la comunidad internacional, liderada por los que habían ganado la Segunda Guerra Mundial, con los EE. UU. y Gran Bretaña a la cabeza.

Cuando Daniel llegó a Tefía, en mayo de 1966, con solo 12 años, un niño, aunque parecía mayor, debido a su estatura y desarrollo, Óscar, la bestia humana, el torturador, llevaba ya 12 años esclavizando y sometiendo a esos prisioneros. A sus 56 años, su historial de animal abusador, violador y acosador era interminable.

Desde el momento en que vio a Daniel pensó en violarlo y someterlo a sus cerdos caprichos.

Daniel lo rechazó. Entonces Óscar se dedicó a darle palizas y a torturarlo, en un proceso diario de humillación y vejación, llamándolo «maricón de mierda».

El lunes 20 de junio de 1966, en uno de los barracones de Tefia, tras no lograr volver a violarlo, algo que ya había hecho anteriormente, le pidió una felación. Daniel se negó. Óscar se acercó a él, con un enorme cuchillo, y le cortó el cuello, segándole la aorta, dejándole sangrar hasta morir. No había nadie más en el barracón.

Estaban trabajando en el campo, de sol a sol, como siempre, con hambre, sed, cansancio y muchos ya enfermos.

Óscar fue a por su socio de violaciones y fechorías, un guardián al que llamaban Pedro el Oso, ya que era enorme, con mala leche, al que le encantaba ver cómo sufrían esos prisioneros, con sus torturas. Ese Pedro también era amigo de ese otro asesino, Ramón Real. Entre los dos metieron en una furgoneta el cuerpo de Daniel. Ramón no estaba. Había ido a Tenerife, para ver a otro malvado que regentaba un burdel. Allí se fumarían juntos lo que ellos llamaban «un canuto», o sea, droga. Esos eran «los guardianes cristianos y civilizados», unos perfectos cabrones.

Se lo llevaron a 21 kilómetros, a Puerto del Rosario. Allí, en la barca del padre de otro cabrón guardián, remaron mar adentro para luego tirar el cuerpo al océano Atlántico, ese que, ahora, en 2025, lleva ya algunos años ahogando a esos pobres inmigrantes africanos, que intentan, en cayucos y pateras, llegar a Europa, vía islas Canarias, muriendo niños, niñas, mujeres y hombres desesperados que huyen de las guerras y el hambre del África subsahariana.

Ese mismo océano fue la tumba del pobre Daniel.

Su cuerpo no pareció nunca. Los dos criminales volvieron a Tefia, informando que habían ido a rastrear la fuga de un prisionero, o sea, de Daniel, pero que no le encontraron.

Ramón, a su vuelta de Tenerife, ayudó en la mentira, diciendo que había visto a Daniel en Tenerife, pero que se le había escapado cuando fue a apresarle. Dijo que iba en un coche negro, con uno que parecía un moro.

Todo mentira, para poder cubrir el crimen de Óscar y Pedro. Los perversos criminales se protegían los unos a los otros.

Esa fue la versión oficial que le dieron a Judith cuando se enteró de que su hijo, cuando cerraron Tefia en julio de 1966, no estaba entre los prisioneros.

Ella nunca se lo creyó.

Aarón quedó libre en ese julio de 1966. Le contó a Judith el martirio que habían vivido en Tefia tanto Daniel como él, además de muchos otros. También le dijo que estaba seguro de que aquel bestia llamado Óscar era un asesino, habiendo matado a Daniel. Aarón no se creía que Daniel se hubiese escapado. Tenían que haberlo matado esos asesinos.

Judith, en ese julio de 1966, con 26 años, volvió a Londres para trabajar como médico cirujano. Su vida se había roto. No se lo podía contar a nadie. Sería un secreto que lo llevaría dentro de ella, hasta casi el umbral de la muerte.

Judith juró, en ese julio de 1966, encontrar al asesino de su hijo, torturarlo y matarlo, como a un animal. Ella era cirujana. Sabría cómo hacerlo, en su momento. Esa fue la razón principal por la que entró y siguió en el Mossad, el Servicio Secreto israelí, que, sin saberlo, le ayudaría a ella a vengar la muerte de su Daniel.

Nunca creyó en el perdón, sino en la venganza. Aquella bestia humana pagaría por lo que había hecho. Lo haría sin prisas, pero sin pausa. Tenía que madurar un plan, para acabar con aquel guarro criminal. Tenía claro lo que le contó Aarón. El asesino era aquel Óscar, ya con más de 50 años. Un pervertido que había matado a su hijo Daniel.

En 1968, Judith, sin pareja alguna, ya con 28 años, llegó a la Sierra de Gredos, Ávila, España, ya que una compañera del Hospital de la Universidad de Londres, también cirujana, era española, de Arenas de San Pedro, llamada Ernesta Roldán, soltera. Era su amiga y confidente. De momento, nunca le había hablado de Daniel y lo que había ocurrido.

Ambas llegaron a la Casa de las tinajas, donde pasaron dos semanas. Recorrieron casi todo el valle del Tiétar, en un coche alquilado. Pueblo a pueblo, río a río. Les encantó.

Ernesta sí lo conocía. Judith se enamoró del paisaje de aquella maravilla llamada Sierra de Gredos.

Cuando Ernesta dormía la siesta, dos días antes de volver a Londres, Judith bajó a la bodega-cueva. Allí vio las cuatro tinajas. Una más bien algo rota, en la esquina derecha de la bodega-cueva. Le parecieron enormes pero preciosas.

Luego, Ernesta le explicaría que esas tinajas se usaban para vino y que solían ser muy antiguas, del siglo XVIII, por ejemplo. Judith empezó a maquinar su plan de venganza.

Cogió las llaves de la casa. Dejó durmiendo a Ernesta. Eran las seis de la tarde. Fue a hacer una copia de las llaves en una cuchillería, donde un zapatero remendón hacía de todo: llaves, afilar cuchillos y reparar calzado.

Volvió a la casa con esas llaves. Se las llevaría, en su bolso, a Londres, sin decirle nada a nadie. Lo tenía todo ya pensado.

Los padres de Ernesta habían fallecido. No tenía hermanos ni hermanas. La casa familiar estaba en Poyales del Hoyo, alquilada a un vaquero de Candeleda.

Por ello, tuvieron que elegir entre ir a un hotel o alquilar esa casa al Ayuntamiento de Arenas, propietario de la misma, ya que había sido una donación de la última persona que la habitó.

El Ayuntamiento la cedió a la Cruz Roja para que la pudiera alquilar y sacar algo de dinero a lo largo del año, sobre todo en los veranos, que era cuando venían los turistas nacionales y algunos extranjeros, como podrían ser Judith y Ernesta.

Volvieron a su trabajo en el hospital de Londres. En 1969, Judith conoció a David, médico oncólogo. Se hicieron novios. Se casarían en 1970. Estarían juntos hasta la muerte de Judith, el 4 de marzo de 2026. David viviría un año más, hasta el 4 de marzo de 2027.

En ese mismo 1969, David no sabía que Judith, además de cirujana, era agente del Mossad.

Mordejay, también médico, pero pediatra, compañero del Mossad, era el confidente y amigo de Judith. Estaba casado con María, una judía de Tánger. No tenían hijos. Judith le contó a Mordejay la historia de Daniel, su embarazo, el nacimiento de ese hijo, que nadie sabía, lo que pasó con Tefía y cómo le asesinaron esos fascistas y falangistas.

Mordejay tenía un pasado de experto cazanazis. Sabía cómo llevar a cabo una discreta operación de venganza, que es lo que le proponía Judith. Mordejay conocía, en Tenerife, a un policía que había colaborado con él en la caza de uno de los SS fugados en 1945 de Alemania.

Ese policía hizo sus averiguaciones sobre el paradero de aquel guardián llamado Óscar el Bestia. Le informó a Mordejay que lo había localizado en Barcelona, donde regentaba un burdel con sudamericanas como prostitutas, esclavizadas, en el Paralelo. Era un puticlub llamado La Rosa Grande. Esa información era cierta y útil.

Mordejay y Judith comenzaron a urdir un plan para raptarlo, matarlo y llevarlo a Arenas de San Pedro, donde su cadáver quedaría en una de las tinajas que había visto Judith.

Óscar del Monte Arteaga, la bestia humana, el asesino de Daniel, estaba ya juzgado y condenado a muerte. No tenía escapatoria. La venganza le había juzgado. No quedaría libre, con cargos, siendo un mero presunto culpable, como solía hacer la justicia ordinaria, con su cadena de juzgados de primera instancia, de instrucción, penal, supremo y demás. No, ahí no habría dilación: juicio de la venganza, condena y muerte. Punto y se acabó. Así lo pensó Judith, ayudada por Mordejay, que era de la misma idea que ella. La venganza se llevaría a cabo en noviembre de 1969, cuando la casa de las tinajas no se solía alquilar, ya que en invierno no hay mucho turista por Arenas de San Pedro.

El lunes 3 de noviembre de 1969, Judith y Mordejay viajaron a Barcelona en avión, desde Londres. Se hospedaron en el Hotel La Cumbre, no lejos del centro.

El martes 4 de noviembre, tras pagar la cuenta y despedirse del hotel, fueron hacia La Rosa Grande. Eran las 11 de la noche. Entraron. Pidieron un gin-tonic de Beefeater cada uno. Preguntaron por el jefe. La camarera les dijo que llegaría sobre las 11:30.

Había muchos puteros, algunos con su anillo de casado, sentados en varias mesas, con chicas jóvenes, cuya ropa era más bien provocativa e incitadora al sexo. Eran clientes de varias edades. Incluso, uno de ellos llevaba hasta un bastón. Debería estar en sus setenta años.

A las 11:45 entró el tal jefe, Óscar el asesino. La camarera le dijo que aquella pareja, o sea, Judith y Mordejay, le esperaba para hablarle de un tema.

Él se acercó. A sus 59 años, más bien gordito, con cara de cerdo machista, miró de una forma lasciva a Judith. Saludó solo a Mordejay.

Mordejay hablaba un perfecto español, ya que se había criado en Tánger, con sus padres sefardíes, que emigraron a Israel, mientras que él se fue a Londres, tras estudiar en Madrid y realizar más estudios de periodismo en la capital británica, ya como agente del Mossad.

Se sentó, preguntando:

—¿Qué quieren ustedes?

Mordejay le dijo que le proponían un negocio. Tenían varios burdeles en Berlín, con chicas rusas y ucranianas. Podrían intercambiar chicas suyas con las de ellos. De momento les podrían traer a cinco de ellas, jóvenes y que podían dar mucho de sí con el negocio de la prostitución.

Judith le dijo:

.—Hemos traído a tres. Están en el hotel, con nosotros. ¿Quiere verlas?

—Sí —contestó el asesino de Daniel—. ¿Esta noche?

Mordejay había alquilado un coche, más bien grande. En su chaqueta llevaba su pistola y dos cuchillos, además de unas esposas.

Le propusieron a Óscar llevarle a ver a las chicas. Él accedió. Salieron a la calle. El coche estaba aparcado a unos veinte metros del local. Llegaron al coche. Mordejay le dijo que era mejor que condujera Judith, ya que él se había bebido ya tres gin-tonics. No quería problemas con la policía.

Mordejay y Óscar se sentaron detrás. Judith arrancó el coche. Cuando iban camino del supuesto lugar donde estaban las chicas en cuestión, Óscar se dio cuenta de que iban hacia el sur, saliendo de Barcelona. Miró a Óscar y le preguntó:

—¿Hacia dónde vamos?

Óscar le señaló la ventanilla de la derecha, diciendo que ya estaban cerca.

Cuando Óscar miró hacia la ventanilla, perdiendo de vista a Mordejay, al volver la cabeza, Mordejay tardó medio segundo en cortarle el cuello con un enorme cuchillo.

Lo había matado. Lo sacaron del coche y lo metieron en un saco enorme que llevaban, en el maletero.

Siguieron ruta hacia Arenas de San Pedro. Llegaron alrededor de las 6 de la mañana. Aparcaron en la puerta de la casa de las tinajas. Sacaron el saco con el cadáver.

Judith sacó la copia de las llaves que llevaba en el bolso. Miraron alrededor. No había nadie. Todo en silencio. Ni un gato, ni un perro ni una rata. Nadie. Solo los acompañaba un frío helador, suavizado solo por saber que aquel cerdo ya había pagado por sus crímenes.

Abrieron la puerta. Directamente se dirigieron hacia la bodega-cueva. Bajaron los 12 escalones con cuidado, con el saco bien cogido.

Una vez en la cueva-bodega, pusieron el saco en el suelo. No había luz. Encendieron dos linternas que llevaban, más bien gigantes.

Lo cortaron por la mitad, como para fabricar una alfombra, con el cuerpo encima, para no manchar el suelo. Habían creado una mesa para que el cirujano, en este caso, la cirujana, pudiera trabajar.

Era una mesa de operación, en el suelo, con el cuerpo encima de aquella alfombra-saco.

Judith sacó su maletín de herramientas médicas, con toda clase de artefactos para cortar hueso, carne, tendones, cartílagos, etc. Miraba el cadáver y no veía una persona, sino a un cerdo, el asesino de su hijo Daniel y, posiblemente, de otras víctimas también.

En ese suelo, en menos que canta un gallo, entre los dos, con unos guantes cada uno, como el que despedaza a un cerdo, le cortaron la cabeza, los brazos y las piernas.

Todo, menos la cabeza, lo tiraron en una tinaja. La cabeza en otra. En la tercera tinaja Judith dejó una bolsa de plástico con una carta de unas dos hojas. En la cuarta tinaja tiró otra hoja, sin escribir nada en ella. Sellaron las cuatro tinajas con su tapa.

Limpiaron el suelo. No quedó rastro alguno de sangre. Recogieron el saco, metiéndolo en otro saco de plástico, para llevarlo al maletero del coche.

La llave con la que habían abierto la casa la guardaron hasta que, en el camino hacia Madrid, para coger el avión a Londres, la enterrarían en el campo, al igual que el saco de plástico, con el otro saco-alfombra (mesa de operaciones).

El coche estaba limpio, ya que en el maletero llevaban toda clase de productos de limpieza, como bayetas y hasta un cubo.

Todo aquel material de limpieza lo tirarían en un contenedor-basurero cerca de Rent a Car en Madrid.

Llegaron a Madrid a las 11 de la mañana. Entregaron el coche alquilado, con el maletero ya vacío y limpio, tras tirar a la basura todos los artículos de limpieza, a la delegación de ese Rent a Car. Con delegaciones en casi todas las capitales de España, como Barcelona, Madrid, Valencia, Sevilla, etcétera.

Se fueron al centro, a la Puerta del Sol. Entraron en la Mallorquina, donde desayunaron como reyes.

Su avión salía de Barajas a las 6 de la tarde. Tuvieron tiempo de pasear por el centro de Madrid. Judith, incluso, se compró unos zapatos con tacones. Mordejay se contentó con un par de corbatas.

Mordejay le dijo a Judith:

—Adiós, Óscar, el asesino. Algún día encontrarán no el cuerpo, sino el esqueleto.

A ese Óscar, el jefe de aquel burdel de Barcelona, sus empleadas no le volverían a ver más. Más de una se alegró de que no volviera jamás. No sabían por qué se había ido para siempre, pero se acordaban de que, además de violarlas, las torturaba y las pegaba, además de pagarles una mierda, o sea, solo un 15 % de lo que los cerdos puteros se gastaban en el local por los servicios de aquellas pobres mujeres, explotadas por las mafias de prostitución, como en todo el mundo sigue ocurriendo.

Nadie desde 1969 hasta 2024, salvo aquel niño, hijo de un agente forestal, quien intentó bajar cayéndose por las escaleras en 2022, había bajado a esa bodega.

Solo la empresa Oruga S. A., antes de demoler la casa, se llevó la sorpresa de aquellas cuatro tinajas y el esqueleto dentro de algunas. La tumba de aquel cerdo sería secreta y merecida desde 1969 hasta 2024.

Volvieron a Londres, a su rutina diaria, a su trabajo, a su colaboración con el Mossad. Nadie se enteró de la operación que Judith llamó «la Operación Tinaja».

¿Qué pasó con Tefia? Una vez cerrado ese infierno, en julio de 1966, ya sabemos que con el tiempo sería un hogar juvenil. Aquel horror sería material para novelas y documentales.

En el año 2004, conmemorando los cincuenta años, el Cabildo instaló una placa en memoria de los que habían estado allí recluidos.

En 2008, el Gobierno de Canarias celebró en Tefia el primer acto constitucional del 17 de mayo, Día Internacional contra la Homofobia, instalando otro hito conmemorativo.

Judith se compró y leyó la novela coral *Viaje al centro de la infamia*, del historiador Miguel Ángel Sosa Machín, en 2006.

En 2018, el director de cine Ferrán Navarro-Beltrán dijo que proyectaba hacer una película sobre ese horror de Tefia.

En 2019, Judith también se compró y leyó la novela *Violeta*, de Juan Sepúlveda, Antonio Santos y Marina Cochet, con una trama inspirada en los testimonios de Octavio García, uno de los supervivientes de Tefia.

En el año 2020, Ismael Lozano Latorre publicó la novela *Vagos y maleantes*, en la que Judith pudo leer que, como uno de los protagonistas, un hombre mayor, con alzhéimer, nos cuenta cómo fue esa juventud en Tefia en 1955.

En el año 2023, Judith también se compró y leyó la novela *Los elegidos*, de Nando López, que trata también sobre cómo fueron tratados y torturados los homosexuales en Tefía, con testimonios reales.

En junio de 2023, Judith vio en la televisión *Las noches de Tefía*, un drama producido por Buendía Estudios, junto a Atresmedia, que trata del horror del infierno de Tefía entre 1954 y 1966. Acabó en un mar de lágrimas.

Además, no podía compartir su dolor con nadie, salvo con Aarón, el amigo de su hijo Daniel, que era un superviviente de aquel infierno llamado Tefía, por supuesto. Todo era un secreto de los que se guardan en las familias.

A lo largo de los años, fue a Melilla en solo dos ocasiones, para ver a Aarón, quien se había echado a la bebida. A él fue al único que le contó todo sobre la *Operación Tinaja*. Aarón saltó de alegría, diciendo que aquel cerdo se merecía eso y más.

La última vez fue en 2019. No le volvió a ver. Ese verano pasearon hasta la playa de San Lorenzo, donde, en un café cercano, tomando un té moruno, lloraron juntos, recordando a Daniel y ese infierno llamado Tefía, recordando también que aquel criminal se había llevado su castigo, o sea, su condena a muerte. Se abrazaron y se despidieron para siempre.

Judith le dijo a Aarón:

—Creo que Daniel nos está viendo. Quiere que dejemos de sufrir.

Aarón la miró. Agachó la cabeza. La volvió a abrazar y dijo:

—Judith, ya no creo en nada. Moriré sin saber por qué nos metieron en aquel infierno, acabando con nuestras vidas, porque la mía, desde entonces, ha sido un calvario, no una vida. Estoy contento por saber que ese cabrón ya no hará más daño a nadie. Te felicito por acabar con él. Se lo merecía. Hizo mucho daño, al igual que otros cabrones, en ese infierno llamado Tefia.

Ella volvió a Londres. De allí se iría a Jerusalén, con su David, tras la jubilación, donde ambos morirían ya en el siglo XXI.

A Judith todo le recordaba a su Daniel, con el que se reuniría ese 4 de marzo de 2026. Su esposo, David, se reuniría con ellos el 4 de marzo de 2027. Ella lo presentía.

Todas esas novelas sobre el horror de Tefia no las tenía en su librería, junto a su cama, ni en la librería del salón. Las había metido bajo su colchón, en su cama, pensando que, estando tan cerca de ella, por las noches, su Daniel estaría con ella también.

David, su esposo, nunca supo nada de aquel terrible episodio, con el nacimiento de Daniel y su muerte en Tefia. Lo sabría en 2026, un mes antes de morir Judith, cuando él y su hijo Fortu leyeron el diario que les entregó Judith, para ahorrarse el tener que contárselo verbalmente, aunque, tras su lectura, se abrió a sus preguntas, si es que querían alguna aclaración.

JUDITH EN 1970

Judith, en 1970, tras cuatro años sin su Daniel, intentando superar su ausencia, con 30 años, ya tenía su carrera de Medicina, trabajando en el Hospital Universitario de Londres como cirujana.

En 1969 ya había cumplido su venganza, gracias a su amigo Mordejay. Tenía a su novio David Pérez desde diciembre de 1969, con quien se casó en septiembre de 1970. David había nacido en Cracovia, Polonia, en 1940. Al no tener hijos, en 1975 adoptaron a Fortu Pérez en Melilla, donde el rabino de la Sinagoga Benarroch presidía una Asociación de Adopción de niños judíos. David y Judith se enteraron de que había esa Asociación gracias a Esther, una compañera de Judith, médico oncóloga, quien era melillense. Ese niño adoptado, con el tiempo, sería Fortu, el periodista *freelance*.

DAVID Y JUDITH EN 2005

En 2005, David y Judith, ya con 65 años, se jubilaron. En el hospital les regalaron un ejemplar de la Torá, enmarcado en plata. En septiembre de 2006 viajaron a San Francisco, donde vivían unos amigos, también jubilados. Fueron juntos, de excursión, a los desiertos de Arizona y Sonora. Allí, Judith, tras ver algunas cruces sobre unos montones de arena roja, haciendo algo de compañía a los cactus, preguntó a Liz, su amiga americana, qué hacían esas cruces allí, en medio del desierto. Liz le explicó que eran tumbas, con personas inmigrantes que nunca llegaron a entrar en las ciudades de los EE. UU., siendo abandonadas por los coyotes y polleros, o sea, los traficantes de personas inmigrantes de Centroamérica y América del Sur.

Judith se quedó muy triste. No podía comprender cómo este planeta Tierra, donde los seres humanos han sido siempre migrantes de un lado a otro, ahora se les niegue el asilo y la posibilidad de empezar una nueva vida, huyendo de las guerras, la pobreza y la injusticia social.

FORTU, DAVID Y JUDITH ENTRE 2006 Y 2026/7

Entre 2006 y 2010 siguieron viviendo en Londres. En el año 2011 decidieron vender su casa y emigrar a Israel, donde Judith siempre soñó con descansar para siempre.

Llegaron a Jerusalén con 71 años. Fortu, ya con 36, seguía viviendo en Londres, como *freelance,* a la búsqueda y captura de noticias que pudieran alimentar sus historias, para poder venderlas a los medios de comunicación, sin estar atado a ninguno de ellos, libre como un pájaro, eligiendo sus propios árboles y terreno.

No quería prostituirse a ningún medio de comunicación, ni social ni políticamente, que es lo que habían hecho algunos de sus compañeros de carrera, habiéndose convertido en esclavos de esos medios, sin libertad para escribir lo que pensaban.

Fortu fue con ellos a Jerusalén para ayudarles a buscar una casa a comprar, gestionando él todo el papeleo de la compra. Los dejó instalados y se volvió a Londres. Desde 2011 hasta 2023 vivieron en la casa que habían comprado, pero Judith, en enero de 2024, le dijo a David que necesitaba más espacio, vivir en una zona donde hubiera más servicios, como poder hacer pilates, pasear por un parque, con comercios, etcétera.

Compraron, tras vender la suya, otra vivienda, un primero con ascensor. Sus vecinos eran todos israelitas, algunos ortodoxos. Otros no lo eran tanto. Además, había un hospital. No muy lejos, el mejor amigo de una persona que iba entrando en años, como ellos.

Ahora, en 2025, ya con 85 años, habían entrado en el triángulo: consultorio médico, hospital y farmacia. De ahí a la tumba. No había vuelta atrás.

Llegó 2026, ya con 86 años, en su casa de Jerusalén. Su hijo Fortu, nacido en 1975, ya con sus 51 años, seguía con su labor de *freelance,* con su pareja, Tommy, pero, ahora, centrado en buscar las respuestas a esas preguntas sobre el esqueleto de las tinajas de Arenas de San Pedro, para poder escribir su historia, venderla y sacar algo de dinero por ella, incluso el poder vender sus derechos a una productora, para que hicieran una película, siendo él el guionista. ¿Por qué no? Todo era posible.

Seguía en contacto con Hermógenes, el alcalde de Arenas, y con su amigo el comisario de la Brigada Criminal. Se lo comentaba a Tommy. Nadie había averiguado nada sobre esas tinajas y lo que contenían. Era un puro misterio. No podría escribir la historia del esqueleto de las tinajas. No tenía información para rellenar sus páginas. Las preguntas:

1. ¿De quién era ese esqueleto?
2. ¿Cómo murió?
3. ¿Quién lo asesinó?
4. ¿Cuándo y por qué lo hicieron?

Sin responder a esas preguntas no había historia.

A su padre, David, y a él, ya desde octubre de 2025, les preocupaba la salud de Judith. Se iba deteriorando. Estaba perdiendo memoria biográfica y la reciente. Se olvidaba de muchas cosas. La demencia senil se estaba instalando paulatinamente. El peligro era el dichoso y cruel Alzheimer.

El lunes 2 de febrero de 2026 sería la fiesta judía llamada *Tu B'shvat*, o sea, el Año Nuevo de los Árboles. También se llamaba *Rosh Ha Shaná*.

Se puede trabajar ese día, pero hay obligación de una comida festiva. Se comen frutos de los campos de Israel y se recita la bendición de *Sheejejanu*.

El simbolismo de esa fiesta es: «El hombre es como un árbol y al Tzadik (hombre justo y santo) se le compara con una rica y bella palmera datilera».

Dicen que el Tzadik vive para siempre, la eternidad, o sea, es como la semilla viva, que está también en él, para dejar una descendencia, o sea, hijos, nietos, biznietos, etc.

Aunque Judith no era de las ortodoxas, siempre le gustaban esas fiestas y ritos, por su simbolismo, acordándose de su Daniel, vilmente asesinado, semilla de ella, que hubiese sido su descendiente.

Esa festividad dice: «Educar a un niño es como sembrar una semilla».

Fortu, sabiendo lo que le gustaba a su madre esa fiesta, quería estar en Jerusalén, ese 2 de febrero de 2026, con ella y su padre, David, ya que ambos presentían, como así ocurrió, el 4 de marzo de 2026, cuando Judith fallecería, que ella no iba a durar mucho, tras esa festividad.

David, quien moriría también un 4 de marzo, pero en 2027, le dijo a Fortu que viniera de Londres para despedirse de su madre. Durante esa su última festividad, Fortu cogió el avión desde Londres hasta Jerusalén, llegando el 30 de enero de 2026.

A Judith la cuidaba María, una judía polaca, de 50 años, nieta de unas víctimas de Auschwitz.

Entre Judith y María hubo siempre una gran sororidad, o sea, una especie de hermandad de mujer, más que una relación laboral.

Se había convertido en su psicóloga, su psiquiatra, su consejera, su amiga del alma. A ella sí le contó lo de Daniel. Le relató toda la historia, desde su embarazo hasta el asesinato de Daniel y cómo ella llegó a vengarse de ese criminal. María era una tumba. Nunca contó nada a nadie.

A últimos de febrero de 2026, Fortu y David, sabiendo ya que Judith, con 86 años, con esa creciente demencia senil, le quedaba poca vida, ya que le había empezado a fallar el corazón y no dormía bien, necesitando su zolpidén, le preguntaron a ella:

—Siempre nos has dicho que querías contarnos algo muy secreto, antes de morir e ir con Jehová. ¿Qué nos quieres contar?

Judith se levantó, con paciencia, con lentitud, con algo de cansancio, con su mirada hacia el exterior, a través del balcón, como si quisiera hablar con los árboles, con una datilera, que era su compañera, detrás de aquellos cristales. Los miró fijamente. Se acercó a su habitación, con Fortu y David.

Les dijo que levantaran el colchón donde ella dormía. Debajo había libros y papeles. Eran folios A4, con líneas paralelas, como un cuaderno escolar, pero con un sello, algo borroso, en el ángulo superior izquierdo.

Fortu, al ver esos folios, ese sello, le dio un vuelco el corazón. Las hojas eran idénticas a las que habían encontrado en una de las tinajas de Arenas de San Pedro.

Ya no tenía duda alguna. Lo escrito en aquellas hojas de Arenas lo había hecho Judith, hacía años.

¿Cuántos años hacía que su madre había escrito aquella carta de las tinajas, en un perfecto inglés? Fortu ya pensaba, no solo como hijo, sino como periodista, ávido de noticias y respuestas a sus eternas preguntas.

Las páginas de debajo del colchón estaban junto a un diario, tamaño también A4, de tapas negras, con la letra «D» impresa en oro. En el centro del diario, fechado, en la parte inferior, con letras también en oro: «Julio de 1966». ¿Qué significaban ese mes y ese año? ¿Qué significaba esa letra «D»?

Judith le entregó el diario a Fortu. Volvieron al salón. Judith llamó a María y le dijo que hiciera café o té para todos, ella incluida, trayendo también unas pastas que habían comprado esa mañana. Les dijo a los tres que había que merendar antes de entrar en faena, con preguntas, respuestas y lo que quería que leyeran, padre e hijo, evitando así que ella tuviera que estar una hora relatando su historia secreta.

Eso hicieron. Tras la merienda, Judith se levantó. Se acercó al ventanal, miró a la palmera datilera, símbolo de la semilla de la vida, recordando a su Daniel, pensando en que pronto estaría con él, para siempre. Casi soltó una lágrima, pero pudo contenerse. No quería preocupar a David, Fortu y María. Se sentó frente a ellos y les dijo:

—Fortu, quiero que, en voz alta, leas desde la página 1 hasta el final, este diario, para que lo conozcáis todo y todos, los tres, seres que me acompañarán en mi viaje final. Sé que tardarás una hora en leerlo. Y lo he calculado. Lo he hecho yo, ya dos veces, para saber cuánto tiempo vas a necesitar. Si quieres pausar y/o descansar, hazlo. Ahí tendrás muchas respuestas a preguntas que te has ido haciendo a lo largo de algunos años, al igual que tu padre. Os digo que María, en el marco de una sororidad que me ha dado paz y amor, ya conoce este diario y lo que se manifiesta en él.

Padre e hijo la miraron fijamente. Fortu le pidió a María un chupito de coñac antes de comenzar a leer. Sabía que lo iba a necesitar, además de un vaso de agua. Comenzó su lectura. Sí, tardó unos 55 minutos en leer ese diario, como si estuviera dando una conferencia en un congreso de periodismo.

Leyó más lento el episodio del embarazo de su madre, el nacimiento de Daniel, lo que ocurrió después, lo horrible de Tefia y, por último, la venganza de Judith, ayudada por Mordejay.

Cuando acabó de leer, se miraron los cuatro. David estaba sorprendido. María, sin inmutarse. Judith esperando alguna pregunta. Fortu, más bien reflexivo, aunque casi contento, al conocer las respuestas que tanto había buscado en los dos últimos años sobre las tinajas de Arenas de San Pedro.

Judith se levantó otra vez. Se acercó al ventanal. Miró a la datilera palmera. Se volvió pausadamente, con cara casi sonriente, como si se hubiese quitado de encima una bomba atómica que la tenía llena de pavor. Ya conocían su secreto. Les preguntó:

—¿Alguna duda o pregunta o comentario? Ya sabéis lo de mi Daniel. Por eso el diario tiene una letra «D» y la fecha julio de 1966, sobre Tefia, cuando cerraron ese infierno. Ya sabéis que Daniel tuvo una vida que no fue vida, en aquel horror similar a los campos de concentración donde murieron los padres de María, aquí entre nosotros. Ella sí lo entendió cuando leyó mi diario, al igual que lo has hecho hoy tú, hijo mío. Mi vida era un café amargo hasta que conocí a tu padre, tras el asesinato de Daniel, hasta que te adoptamos a ti, Fortu, en 1975. Ese café amargo me lo hicisteis dulce los dos, con María después. Gracias por ello.

»Sabéis, ya que está en el diario, que Mordejay, al que solo me unió una relación de amistad y laboral, dentro del Mossad, quien falleció hace un año en Tel Aviv, fue un justo entre los justos. Le vi por última vez en junio del año 2025, cuando vino a vernos a Jerusalén y se lo presenté a tu padre, David, como un amigo de la infancia, nada más. Tu padre nunca supo que él era agente del Mossad y que el ejecutor de aquel asesino llamado Óscar fue Mordejay. Sin él, mi venganza habría sido imposible. Descanse en paz.

»Conocéis ya la operación que él y yo bautizamos como *Operación Tinaja*. Todo lo que he vivido, desde hace unos 70 años, en silencio, en secreto, solo yo y algún otro confidente como Mordejay y luego María, aquí presente, ha forjado mi carácter y ha moldeado mi espíritu. Sin vosotros dos, mis amores, me habría suicidado hace años. Siempre he querido ser buena esposa y madre. Espero que lo hayáis percibido, a pesar de mis días de tristeza, días que no podíais comprender porque no conocíais la historia que me atenazaba.

»Me moriré pensando que no soy una asesina, sino una justiciera. Entre el perdón y la venganza elegí la última. No pude hacerlo de otra forma. Se lo debía a Daniel y a su memoria. Daniel se merecía que esa venganza le dejara reposar en paz. Solo os pido que no me juzguéis.

David y Fortu se levantaron. Los tres, al unísono, se abrazaron. Dijo Fortu:

—Mamá, nunca, pero nunca, nos atreveríamos a juzgarte. Creo que papá piensa como yo.

Tras ese encuentro, Fortu, sabiendo que le quedaba poca vida a Judith, canceló su vuelo a Londres. Se quedó en Jerusalén, para acompañar a su padre en el futuro duelo. Judith falleció, de un infarto, el 4 de marzo de 2026. David le dijo a María que quería que siguiera trabajando en esa casa. La necesitaba. Abrieron el testamento de Judith, donde decía:

> *Dejo 60 000 dólares a la Asociación MEMGUIMEL de Melilla, para los pobres hebreos del mundo entero. Dejo 20 000 dólares a María, mi compañera, más que mi trabajadora. Cuando muera David, mi esposo, él y yo ya hemos decidido, véase su testamento, en su momento, que esta casa sea La Fundación Daniel, para que acoja, proteja y cuide a todos aquellos miembros de la Asociación Judía del Movimiento LGTBI, de Israel, España y de cualquier parte del mundo.*
>
> *Esa Asociación de Israel será la que gestione tal Fundación. Todos mis libros, más 200 000 dólares del Banco TrasX, de Tel Aviv, son para Fortu, cuando muera David.*
>
> *Esa es mi voluntad y la de David, mi amor de muchos años.*
>
> *Él, además de Fortu, nuestro hijo, y luego María, como mi hermana, han sido mis salvavidas.*
>
> *Gracias.*

David fallecería también un 4 de marzo, pero en 2027, o sea, un año después que Judith. Se cumplió la voluntad de ambos, según sus testamentos. María se quedó, como empleada, en la Asociación LGTBI de Israel, viviendo en la casa donada por Judith y David.

Tras haber enterrado a sus padres, uno en 2026 y otro en 2027, Fortu se volvió a Londres, en ese 2027, ya con sus 52 años. Le quedaban solo 13 para jubilarse.

FORTU TRAS LA MUERTE DE SUS PADRES

Tommy le estaba esperando en el aeropuerto. Fueron a comer juntos. Tras recibir su pésame, con un fuerte y caluroso abrazo, Fortu le explicó lo del diario de su madre, diario que él llevaba ya en su maleta. Tommy le dijo que había actuado bien al no juzgar a su madre por su acto de venganza.

Fortu le dijo:

—Tommy, llevo ya casi 3 años tratando de escribir una historia sobre las tinajas de Arenas de San Pedro, para poder venderla a algún medio. Ahora que ya tengo las respuestas, no sé qué hacer con esa información, que me toca el alma. Es demasiado personal. Tiene que ver con mi madre. Estoy hecho un verdadero lío, Tommy. ¿Qué hago con esa información? Tengo todas las piezas, pero no quiero construir esa mesa, aunque tengo el tablero, las patas, los tornillos, el martillo, los clavos, etc. No puedo hacerlo. ¿Qué hago?

Tommy le miró fijamente. Se levantó de la silla del restaurante, pidió una botella de champán y dos copas. Las llenó y le dijo:

—Primero vamos a brindar por tus padres, por María, que cuidó a tu madre, por tu hermano, Daniel, porque era tu hermano del alma, aunque no de sangre, por todos aquellos y aquellas que sufren, sufrieron, han sufrido y seguirán sufriendo la discriminación por tener una inclinación sexual que no se ajusta a la norma impuesta por los intransigentes, por los jueces de nuestras vidas, por los que te hacen la vida imposible, por los que, como en lugares como Tefía y otros, torturaron y vejaron a seres inocentes, para *reeducarlos*. Brindemos.

Bebieron su sorbo. Se abrazaron y se volvieron a sentar. Tommy le dijo:

—Escucha bien, Fortu. Veamos tus opciones con entereza y cabeza fría. Opción 1: te olvidas de escribir esa historia. Dejas las preguntas y las respuestas, más la posible historia, en un cajón, que duerma todo el sueño de los justos. Opción 2: vas a Arenas de San Pedro. Yo iré contigo. Te ves con el alcalde y con tu amigo el comisario de la Brigada Criminal. Les das todas las respuestas a las preguntas sobre ese esqueleto. No escribes ninguna historia. Te vuelves a Londres y aquí pan y aquí gloria. Se acabó todo. Tú has cumplido, para que archiven el caso. Si tienes que declarar oficialmente, lo haces, para que se cierre todo de una vez, pero sin periodismo por medio, ni historia a escribir y vender a un medio voraz, loco por conocer e imprimir tragedias e historias fantásticas, que hacen sufrir a las personas. Opción 3: la misma que la dos, pero escribiendo tu historia, para venderla después a un medio de comunicación. Es tu opción. ¿Cuál escoges? ¿Hay alguna otra? Yo no la veo, en absoluto.

Fortu le miró. Le dio las gracias por tan certera respuesta y saber cómo enumerar y llegar a la conclusión de esas opciones. Le dijo:

—Tommy, voy a elegir la número 2, o sea, voy a ir contigo, si quieres, a Arenas de San Pedro. Me veo con Hermógenes, el alcalde, y con mi amigo el comisario de la Brigada Criminal. Les cuento la historia. Les enseño el diario de mi madre, que es como una confesión escrita. Les enseño las páginas con los sellos, similares a las que se encontraron, como carta, en una de las tinajas. Les digo que estoy dispuesto a declarar oficialmente lo que sé, pero que no voy a publicar ni a escribir nada, para que, tranquilamente archiven el caso, cuando proceda. Eso haré.

Tommy le dijo:

—Te felicito. Creo que es una buena opción. Es sensata y hace honor a cómo tú eres, haciendo que la memoria de tu madre no sea pasto de las revistas del corazón o similar.

El 6 de junio de 2027, Fortu llamó a Hermógenes y al comisario amigo. Se citaron en el Ayuntamiento de Arenas de San Pedro, el lunes 21 de junio de 2027 a las 10 de la mañana.

FORTU Y TOMMY EN ARENAS DE SAN PEDRO (JUNIO DE 2027)

El sábado 19 de junio de 2027, Tommy y Fortu volaron de Londres a Madrid. Allí alquilaron un coche. En dos horas estaban ya en Arenas de San Pedro. Se hospedaron en el Parador de Gredos. A Tommy le encantó el viaje, el paisaje, la vista de las cumbres de Gredos y el Parador. Fortu ya lo conocía todo.

Comieron en el restaurante que había cerca del Castillo de Arenas. Dieron una buena vuelta por el lago, para ir luego a tomar café, cerca del castillo. El domingo viajaron hasta el río Arbillas, camino de Candeleda, a unos dos kilómetros antes de llegar a Poyales del Hoyo. Aparcaron. Fortu le enseñó algunos charcos, como el de Los Médicos, con su chorrera, el de las Cazuelas, el de las Virtudes y otros. Subieron río arriba.

Luego, hacia las 2:30 de la tarde, bajaron hasta Poyales del Hoyo. Comieron una buena ración de paella en Casa Marisa, un restaurante en plena carretera, a la entrada del pueblo. Compraron miel en ese pueblo serrano, en el Museo de La Abeja, algo que disfrutaron, con una explicación sobre el mundo de la abeja que les dio un tal Gerardo, un hoyanco, como le llaman a los habitantes de ese pueblo. Tommy pensó que por qué no aprendíamos, de una vez, los humanos, algo del mundo de las abejas y cómo convivían y trabajaban juntas, sin tener guerras civiles ni internacionales, solo orden, amor y disciplina. Así producían su rica miel.

El lunes 21 de junio de 2027 ya estaban saludando a Hermógenes y a su amigo el comisario. Entraron en el despacho de Hermógenes, tras presentarle a Tommy como un compañero periodista. Les contó y relató las respuestas a las preguntas que todos se llevaban haciendo hacía ya 3 años. Les enseñó el diario-confesión de su madre. Les dijo que ella había fallecido el 4 de marzo de 2026. Se puso a disposición de ellos para declarar oficialmente, si se necesitaba.

Le contestaron que, de momento, archivarían el caso. Si el juez le necesitaba para declarar, le avisarían. Le dieron las gracias por haber venido y aclarado aquel misterio, además de por no escribir ninguna historia al respecto. Era lo mejor para todos, incluida la Villa de Arenas de San Pedro.

A Tommy y a Fortu les gustó ver esas tinajas en la puerta del Ayuntamiento, además de la que había en el Museo Etnográfico, que visitaron por la tarde de ese lunes 21. También fueron al almacén del Ayuntamiento, donde aún estaban restaurando la cuarta tinaja.

Hermógenes le enseñó lo que se había construido sobre aquel solar, donde estaba la casa de las tinajas. Eran unos 40 pisos para inmigrantes y familias necesitadas.

Era suelo público con viviendas públicas. También le dijo que habría elecciones municipales en septiembre de 2027, pero que él no se iba a presentar. Quería descansar y pasar el testigo del servicio público a los más jóvenes. Eso hizo.

El comisario, tras un fuerte abrazo con Fortu, le dijo que le quedaban solo 10 años para jubilarse, que estaba loco por descansar también. Todo llegaría. El mejor maestro es el tiempo.

Hermógenes moriría a los 90 años en el año 2057. El comisario se jubilaría en el año 2037. Se fue a su finca de El Hornillo, donde fallecería a los 85, también en 2057.

Tommy y Fortu volvieron de Arenas a Madrid el martes 22 de junio. Devolvieron el coche a Rent a Car. Cogieron el avión a Londres a las 7 de la tarde.

En el año 2040, ya con 65 años, Fortu se jubiló. Se dedicó a escribir una novela en inglés titulada *The Palm Tree of Life*, con una trama que giraba alrededor del dolor y el gozo de la lucha de los miembros de las asociaciones LGTBI de todo el mundo.

En el año 2042, le dieron el premio Violeta en San Francisco como la mejor historia de los últimos 50 años.

Tommy murió en el año 2050 de un cáncer de próstata.

Fortu, tras fallecer Tommy, antes de mudarse a vivir sus últimos años en Jerusalén, decidió hacer un viaje a España ya a sus 75 años. No quería que, años más tarde, no pudiera ya viajar más.

Voló a Madrid. Ya no alquiló coche alguno. No conducía, debido a un ataque epiléptico que le obligaba a tomar su diaria medicación.

Fue a ver a David, un amigo americano, periodista que trabajaba en la Embajada americana, en realidad siendo agente de la CIA, cuyos padres habían emigrado de Ceuta a San Francisco en 1950. David era viudo, sin hijos. Juntos, con David conduciendo, fueron a Toledo. Fortu quería volver a ver la Judería de Toledo, ya que solo había estado allí una vez, con sus padres, Judith y David.

Pasaron el día, tras recorrer aquellas calles donde aquellos hebreos expulsados de Castilla y Aragón en 1492 habían vivido, con sus comercios, con sus negocios de prestamistas y banqueros, yéndose como refugiados indeseables al norte de África, Turquía y a otros países europeos.

De Toledo viajaron a Arenas. Comieron en un restaurante camino de Guisando, llamado El Alcornoque, donde degustaron unas buenas migas, algo único en la gastronomía mundial. Al día siguiente, tras dormir en el Parador de Gredos, Fortu le dijo a David que quería ir al Charco Verde, en Guisando. Es el agua del río Pelayos, a las faldas de la cara sur de la Sierra de Gredos. En ese Charco los turistas, tras caminar algo, no muy cansado, aprovechaban el día soleado para bañarse en verano, con un paisaje envidiable. Tras conducir lo más cerca posible de ese Charco, tuvieron que andar un poco hasta llegar a él. Era septiembre de 2050. Los turistas, junto con sus familias, con los niños teniendo que volver a la escuela, ya habían dejado ese Charco tranquilo. Se sentaron en una gran piedra, mirando al Charco. David le dijo que quería andar más hacia la sierra.

Tardaría una hora y media en volver. Fortu le contestó que ese era un buen plan, ya que, mientras David gozaba de ese paseo, el cual demandaba ya mucho esfuerzo por parte de Fortu, él se quedaría allí, como haciendo yoga, pensativo, reflexivo y recordando días en los que había estado sentado en esa misma piedra junto con su Tommy, ya acompañando a Judith, a su padre David y su hermanastro Daniel, asesinado en Tefia.

Eran las 11:30 de la mañana, con unos 19 grados de temperatura, sin calor ni frío, sin viento, con solo el murmullo del agua de ese río Pelayos que alimentaba, con generosidad, ese Charco Verde. David volvería a la una de la tarde. Se encaminó sierra arriba con sus *walking sticks*. Tenían reservada una mesa para comer un buen cochifrito en Guisando a las 2 de la tarde.

Tras quedarse solo, los recuerdos, las caras de los seres queridos que ya no le acompañaban, padres, resto de familia, amigos, vecinos, compañeros y compañeras de trabajo, todos, como en una película, fueron desfilando por su mente, como reflejándose en aquellas cristalinas aguas de la maravilla que era el Charco Verde, con aguas compañeras de otros charcos serranos, como la llamada Piscina Natural de El Hornillo, alimentada por el río Cantos o el Charco Los Médicos de Poyales del Hoyo, con su tributo generoso de agua del río Arbillas.

Le dio tiempo a recordar épocas de su trabajo como periodista. Tenía una hora y media hasta que llegara David. La soledad es, a veces, la mejor música para acompañar el baile de los recuerdos. Comenzó a pensar, mientras observaba el sol reflejado en esas aguas, la gran historia que iba a preparar en su momento sobre las Cuatro Tinajas. Ya nunca pudo hacerlo, ya que la protagonista era su madre, Judith. En su memoria, el silencio se imponía. Todos llevaban razón, sobre todo Tommy. No podía escribir esa historia para venderla luego a costa de contar que su madre había asesinado a un pervertido, por muy malo y cruel que hubiese sido. Pensó, una vez más, que había actuado bien, no escribiendo tal historia.

Luego recordó que, en 2028, tras fallecer su madre Judith y su padre David, él, ya con 53 años, con solo unos 12 años para llegar a la jubilación, años que pasarían como el viento, en su casa de Londres recibió una llamada en mayo de un compañero de carrera, John Harris, profesor en la City University of London, Northampton Square, London, Department of Journalism, invitándole a dar una charla o conferencia a los alumnos de primer curso de una licenciatura en periodismo.

La idea era darles cemento para que esos alumnos pudieran comenzar a construir el edificio de su carrera como futuros periodistas, en una palabra, animarlos a estudiar, prepararse y reflexionar sobre lo que significaba el ser periodistas.

Por supuesto, la universidad pagaría por esa conferencia. Fortu contestó que encantado, pero que lo que pagaran se lo enviaran a la Asociación Hebrea MEMGUIMEL de Melilla, para que contribuyera a la labor de asistir a los hebreos necesitados de Melilla, Ceuta y los que aún vivían en el llamado Protectorado español del actual Marruecos. Eso acordaron. Fortu no quería dinero. Solo esperaba poder ayudar a esos jóvenes a pensar qué era lo que representaba el ser periodista.

En junio de 2028 ya tenía preparada su conferencia-charla. Escogió como hilo conductor «la verdad en el mundo de los medios de comunicación». Recordó el momento en que, el

17 de junio de 2028, a las 11 de la mañana fue presentado ante una audiencia de unos 90 alumnos en el salón principal de aquel edificio de la universidad, Department of Journalism.

Dijo John, por supuesto, en inglés, aquí traducido:

—Alumnas y alumnos de primero de periodismo, tengo el gusto de presentarles a un compañero y amigo periodista *freelance,* con dos nacionalidades: español y británica, mi amigo Rodolfo Sierra. Os va a dar una pequeña charla sobre lo que significa ser periodista, algo a lo que aspiráis. Si no fuera así, no os habíais matriculado en esta carrera.

Rodolfo le dio un abrazo a John, agradeciendo esa presentación. John se sentó en la primera fila de butacas, junto a alumnas y alumnos.

Fortu, con las manos apoyadas en el estrado, sacó sus gafas de un bolsillo. Se las puso. Sacó un cuaderno con el borrador de su charla. Lo depositó en el estrado. No habló. Solo miró a esa audiencia ávida de escuchar lo que tenía que decirles. Miró, durante un minuto, en perfecto silencio, al centro, a la derecha y a la izquierda de esa sala. Luego comenzó a hablar, en un perfecto inglés, muy claro y comunicativo:

—Alumnas y alumnos, futuros periodistas, tenéis que saber que os vais a meter en un mundo pantanoso, a veces turbio, en una charca con sapos, ranas venenosas y hasta cocodrilos voraces, en el que, como en otros campos de la vida, como en la guerra, en la política y en la sociedad, en general, habrá depredadores y presas, con la verdad como posible primera y vulnerable víctima.

»En 1995, yo, con 20 años, habiendo nacido en 1975, en España, en plena dictadura franquista, con la prensa y la radio en manos de aquel régimen autocrático, estaba tan asustado e indeciso como vosotros, cuando comencé mi carrera de periodismo en Londres.

»Sí, yo estaba sentado, como vosotros, escuchando, nervioso, pero ávido de saber, a un conferenciante que nos vino a hablar de la verdad, como ingrediente principal del plato periodístico, como yo lo hago ahora, con vosotros.

»Ese conferenciante era un profesor británico, Robert Lumsden, de unos 60 años, antiguo corresponsal de guerra en sus tiempos de juventud, quien, en un perfecto español, ya que era bilingüe, hijo de una galesa y de un malagueño, o sea, otro periodista de Málaga, España, nos habló de la verdad como vehículo que debíamos conducir toda nuestra carrera.

»Nos dijo y lo repito, para vosotros, a riesgo de plagiar su conferencia, cosas como: "Adorad siempre a la verdad, como la única diosa de vuestro credo, como periodista. No entréis nunca en los burdeles de la mentira y los bulos, prostituyendo vuestro pensamiento y vuestros escritos, para así satisfacer a los dueños de los medios de comunicación, esos que os quieren comprar con una nómina mensual. A lo largo de vuestro futuro pedregoso camino os encontraréis con políticos, empresarios, dictadores, autócratas, déspotas, ideólogos, religiosos ortodoxos e intransigentes, personas que os querrán comprar vuestra alma, corrompiendo la verdad, prostituyendo vuestro trabajo, para que este no sirva al público, al ciudadano, sino a aquellos que detectan el poder económico-político-social de esa época".

»Nos añadió: "Como decía mi abuelo, no os dejéis comer el coco con populismos, mentiras, bulos y calumnias. Todo ese vendaval os vendrá, tanto de las derechas como de las izquierdas. No os equivoquéis. Tendréis que buscar la verdad, hallarla, reverenciarla y usarla como arma informativa, para vuestros lectores. Así, a la larga, vuestro trabajo será reconocido".

»Así hablaba nuestro conferenciante.

»Ahora, en 2028, ya a mis 53 años, camino de mi jubilación, os voy a poner dos ejemplos del mundo de la verdad y la mentira: uno de ellos se llama Paco el de la Bomba y el segundo es Cadena de Prensa del Movimiento.

»Veamos el primero: en 1966, o sea, hace 62 años, como siempre ha ocurrido, en ese espacio que seguimos contaminando, intentando explorarlo, hubo accidentes de aviación. En ese año hubo 9 de ellos.

»Uno se llamó El incidente de Palomares, que fue un accidente nuclear, ni más ni menos, en Palomares, en el municipio de Cuevas de Almanzora, Almería, España. Ocurrió el 17 de enero de 1966, en plena dictadura franquista, con represión y un periodismo al servicio del régimen de aquel dictador llamado Franco, quien, con Hitler y Mussolini, formaban un trío de fascismo, nazismo y crueldad dictatorial, tuvo lugar aquel accidente, que puso a España en el mapa mundial.

»Aquel accidente se ubicó en el marco de la llamada Guerra Fría, entre los EE. UU. y la URSS, tras la Segunda Guerra Mundial, cuando esas dos potencias, con China siempre avizor, luchaban en patios ajenos, para no manchar de sangre los suyos, como fueron Corea, Vietnam, Oriente Medio, países africanos, asiáticos y americanos.

»En España, esos americanos ya tenían sus bases, en lugares como Torrejón y Rota. Franco había vendido su alma al diablo, más bien la de España. Los medios de comunicación españoles se habían prostituido a ese régimen dictatorial. Si querías trabajar y comer, no podías mear fuera del tiesto. Tu meada tenía que caer en el cubo donde ellos, los dictadores, dijeran. Estabas adoctrinado y avisado, por si acaso. La verdad no existía. Solo la opinión del dictador y su tribu de pelotas. Era como en todas las dictaduras del mundo, de izquierdas y de derechas. Da igual. Recordad siempre: en el capitalismo el hombre explota al hombre. En el comunismo es solo al revés.

»¿Qué pasó en ese accidente? ¿Qué tiene que ver con la verdad, que aquí os propongo ahora?

»Respuesta a vuestras preguntas: dos aviones de las Fuerzas Aéreas de los EE. UU., un avión cisterna KC-135 y un bombardero estratégico B-52 colisionaron, en vuelo, en una maniobra de abastecimiento de combustible, sobre aquel Mar Mediterráneo, en las costas de Almería y Murcia, España, lo que motivó que se desprendieran, no una sola, sino cuatro bombas termonucleares B28, que iban en el B-52, muriendo 7 de los 11 tripulantes, que era el total de las naves.

»Encontraron solo tres. La cuarta parecía que se había ido de vacaciones, queriendo darse un baño en ese mar Mediterráneo. No aparecía. Como decía mi abuelo, tanto las autoridades americanas como las españolas estaban *cagás* de miedo, pavor y pendientes de que había que comprar a los medios de comunicación, para que el público, los ciudadanos no supieran si eso había provocado la contaminación de ese Mar Mediterráneo. La verdad fue una de las víctimas de aquel accidente.

»En la película *Hombres de honor*, año 2000, de George Tillman Jr., el actor Cuba Gooding Jr. interpreta a Carl Brashear, uno de los buceadores del rescate de la bomba perdida en el mar, habiéndose declarado el código Broken Arrow.

»Los americanos no tenían ni idea de dónde estaba esa bomba, en ese mar Mediterráneo. El mundo estaba asustado. Los soviéticos bailando de alegría, como cuando el Manchester City gana una copa de fútbol derrotando a su rival, el Manchester United, o el Real Madrid al Barcelona.

»Entonces, en medio de ese caos, surgió un hombre, apareció en escena un españolito, pescador humilde pero sagaz y curtido, más listo que el hambre, llamado Paco el de la Bomba, que ayudó a encontrar esa bomba. En la película ni se le menciona. Esos americanos peliculeros no hicieron honor a la verdad, para empezar.

»Paco, el de la Bomba, era un mero pescador, no un científico, no un submarinista experto, no un hombre con un sónar o un radar. Él solo tenía un barco, con sus redes y una tripulación. Solo eso. Nada más. Dijo que él había localizado el proyectil de Palomares.

»Ese hombre era Francisco Simó Orts, del barrio marinero de Tarragona, España, que faenaba por todo el Mediterráneo, incluido Águilas, en Murcia. Desde el primer día del accidente, ese Paco les dijo a los americanos y los dictadores de esa España franquista, al servicio del Señor americano, que él sabía dónde estaba esa bomba, la última de las cuatro, que no la encontraba ni el tato, como diría mi abuelo. Sí, era una bomba atómica, de 1.5 megatones, una potencia 65 veces mayor que la que tiraron los americanos sobre Hiroshima, en la Segunda Guerra Mundial. ¡Casi nada!

»Paco insistía: «Yo sé dónde está esa bomba. La puedo sacar con mi barco, con una red y un gasto de entre 12 y 15 mil pesetas». Los americanos, ni caso. La prensa y la radio españolas, casi riéndose de ese Paco.

»Los americanos usaron hasta treinta buques, 3500 hombres y mujeres oficiales de su Armada y Ejército, trece buzos y cuatro minisubmarinos. Tres meses después, la bomba no aparecía. Hasta se comentó que cerca ya había submarinos rusos espiando. El coste de la operación fue de 12.2 millones de dólares.

»El buen Paco seguía en sus treces, diciendo que él sabía dónde estaba la bomba, a unos 35 metros, de donde a él le pilló faenando, en ese Mediterráneo, con su barco de arrastre. Paco había atrapado, en sus redes, la caja negra del avión. Unos días más tarde, la bomba fue localizada. Paco sabía más que todos los aparatos detectores, el radar y el sónar.

»Los americanos, por fin, le habían hecho caso. Le contrataron, a 8000 pesetas, por jornada de trabajo, que él repartía con su tripulación.

»Por fin, el 7 de abril de 1966, la bomba fue izada. El día 10, el torpedo, de tres metros de longitud y sesenta centímetros de diámetro, se presentó a la prensa. Paco, el patrón de La Manuela, fue llamado, luego El Cristóbal Colón submarino de la época atómica.

Paco conocía el mar como la palma de su mano. Dijo a la prensa: «En mi familia somos todos pescadores: mi padre, mi abuelo, mi bisabuelo, mi tatarabuelo, etc.». Paco, con 38 años, llevaba pescando desde los 11 años. Dijo: «Conozco el mar mejor que mi casa». Luego, se casó con Rosita. Tuvieron dos hijos, niña y niño.

»Más tarde, algunos periodistas averiguaron que fue Alfonso, el hermano mayor de Paco, el que había localizado la bomba, pero que no quería protagonismo.

»El franquismo, con periodistas comprados por el régimen, hizo su propaganda, diciendo que la contaminación del mar, con ese accidente, había sido mínima. Era una solemne mentira.

»Para demostrar esa mentira, el ministro de Franco, un tal Fraga Iribarne, y el embajador americano, un tal Angier B. Duke, se pusieron su bañador y se dieron un baño en la playa, diciendo al mundo que esa agua no estaba contaminada. La foto salió en todos los periódicos, sobre todo en los prostituidos por el régimen, con periodistas que faltaron a la verdad.

»El periódico franquista El Alcázar tuvo la desvergüenza de publicar lo siguiente sobre Paco el de la bomba: "A nosotros Paco, el catalán, nos fue simpático al principio, cargante más tarde y francamente repulsivo por el honor de la nación española o, si lo consideran fuerte, por la memoria de don Quijote. Esperamos que el Gobierno de EE. UU. mande a hacer gárgaras al solicitante. La ciencia infusa de los Sancho Panzas siempre nos ha dejado fríos".

»Paco les había dicho a los americanos que había perdido dinero por poder pescar. Les pidió más dinero e incluso un barco. Los americanos ni caso. La prensa franquista ya vemos, con ese comentario, cómo le trató. Ese El Alcázar era uno de los cientos de periódicos portavoces del régimen franquista.

»Vamos ahora con el segundo ejemplo de faltar a la verdad: cuando los golpistas, el 17/18 de julio de 1936, atentaron contra la II República española, venciendo a esos republicanos demócratas, el 1 de abril de 1939, controlaron a la prensa y a la radio, ya que esta estaba en pañales y la televisión no existía aún.

»¿Cómo lo hicieron? Compraron el alma, la razón, la mente y el bolsillo de miles de periodistas españoles, dándoles trabajo en lo que la Dictadura llamó CADENA DE PRENSA DEL MOVIMIENTO, que nació oficialmente, mediante Ley Estatal, el 13 de julio de 1940, con numerosos periódicos por toda España, incluido ese El Alcázar, además de El Telegrama del Rif, en Melilla, y otros como Alerta, Amanecer, Arriba, Arriba España, Baleares, Córdoba, Diario de Cuenca, Diario Español, Ébano, El Pueblo Gallego, F. E., La Gaceta Regional, Imperio, El Eco de Canarias, El Correo de Zaragoza, Hierro y unos treinta más, acabando con uno llamado Yugo.

»El fundador de El Alcázar fue un tal Víctor Martínez Simancas. Tras la muerte de Franco, hasta la llegada de la Democracia, con la Constitución de 1978, ese periódico se convirtió en el portavoz de la ultraderecha española, siguiendo en su línea franquista, pidiendo otro golpe de estado.

»Yo me pregunto, alumnas y alumnos, además de preguntaros a vosotros: ¿cuántos periodistas, en esos 40 a 50 medios de comunicación franquistas, pisotearon la verdad para poder trabajar y comer? ¿Cuántos periodistas, en nuestro mundo de hoy, coaccionados por las dictaduras, adoctrinados o simplemente comprados, siguen atentando a la verdad? Por favor, nunca seáis uno de ellos. No merece la pena. La verdad os hará más libres, ya que la libertad es el umbral de la felicidad.

»Sí, en esa España de Franco, fueron miles de ellos, prostituidos por aquel régimen, como en muchos otros países del mundo, antes, ahora y siempre, donde, matando a la verdad, pueden poner algo de comida en sus mesas. Esa es la realidad.

»Negaos a ello cuando os lo propongan. Vuestro lema debe ser: "Protejamos y reverenciemos a la verdad. No nos prostituyamos por unos dólares, libras o euros u otra moneda".

»Gracias por escuchar mi charla. Sed felices, en el marco del respeto, la tolerancia y la convivencia. Honrad siempre a la verdad, como compañera eterna de vuestras vidas. Buenos días.

John se levantó, dándole las gracias a Fortu, en medio de un aplauso enorme. No hubo preguntas. Bueno, sí, solo una. Se levantó una alumna rubia, espigada, con cara de saber, muy curiosa. Le preguntó a Daniel:

—¿Ha faltado usted alguna vez a la verdad?

—Sí. Lo he hecho —contestó Fortu—, pero no mintiendo, solo una vez, sino simplemente guardando esa verdad en mi corazón, en el cajón de mi despacho. Esa verdad tenía que ver con mi madre, a quien le puse, en la balanza, más peso que a esa verdad. Pero sí, se puede decir que falté a la verdad, por secreto, por omisión, personal, mía, no impuesta por nadie.

—Gracias —contestó esa alumna.

Más aplausos acabaron con aquella charla-conferencia.

John le invitó a comer en un restaurante cercano. Hablaron de sus tiempos de estudiante y de lo que habían hecho con sus vidas desde que acabaron la carrera de periodismo, catedral de la verdad.

Fortu siguió mirando al Charco Verde, con esos 75 años, llenos de memorias y caras ausentes, creyendo ver, entre las aguas, a sus padres y demás seres que él echaba de menos. David volvió a la una y diez de la tarde. Fueron hacia el coche. Luego, camino del restaurante LA Oca Verde, en Guisando, donde degustaron el cochifrito, regado con un Ribera del Duero.

Volvieron a Madrid. David se quedó en Madrid. Tenía que ver a un tal Ian Harris, también de la CIA, en la Embajada. De allí, Fortu, a Londres y de Londres se marchó a Jerusalén. En esa ciudad milenaria expiraría. Se dedicó a traducir, del inglés al español, algunos libros con temas históricos, como los de Paul Preston y otros.

También dedicó mucho tiempo a los paseos por el centro de la ciudad, observando la variada selva humana, con personas cuyas mentes, demasiadas veces, iban repletas de ideas ortodoxas, tanto judías como musulmanas, como cristianas, e incluso con dioses hindúes.

En los últimos años de su vida, llegó a la conclusión de que esa necesidad de creer en un Ser Superior, un dios, o un Alá o un Jehová o similar, lo que había hecho, a lo largo de miles de años, por el ser humano, había sido solo complicarle la existencia al ser humano, con reglas, ritos y ortodoxia que los había llevado a guerras llamadas santas, como las Cruzadas, conflictos religiosos, la expulsión de los judíos, incluso hasta el Holocausto, en el marco del nazismo, había tenido su tinte religioso y cruel, con la raza aria y su cristianismo creyéndose superior al resto de los mortales, sobre todo a los judíos.

Se dedicó a leer. Su último libro de cabecera, ese que pones encima de la mesilla de noche, junto a la botella de agua, el transistor, el reloj despertador y la foto de un ser querido, fue uno que leyó y releyó, incluso hasta el último día de su existencia.

¿Cuál fue? Fortu había conocido a Bill Gates, sí, ese de Microsoft, en Nueva York, en el año 2015, cuando Gates tenía ya 60 años y Fortu 40, él ya harto de cubrir conflictos armados, como corresponsal de guerra, en ese peligroso y arriesgado periodismo, cuando iba a viajar, desde Nueva York, camino de África, para cubrir, como corresponsal, una de las muchas guerras civiles de ese continente, esas que hacen a los pacíficos habitantes de países como Mali, Senegal, Nigeria y otros, que paguen unos dólares que no tienen, pidiendo prestado a alguien, a un pirata traficante de personas, que los mete en un cayuco o patera, para que se los trague el Atlántico, con el convencimiento de que la cristiana Europa no quiere más inmigrantes ilegales.

Pero ellos tienen que intentarlo. Huyen de esas guerras, del hambre, de la discriminación, de la marginación, siempre obligados por ese mundo imposible para poder vivir y criar a su prole.

Ese mundo creado por el capitalismo sin piedad, que, a su vez, se beneficia de esas guerras, vendiendo armas, tanques, misiles, bombas y munición a esos líderes dictadores y guerreros sanguinarios, para que el pueblo se mate, unos a otros, en interminables conflictos armados. ¿Por qué? ¿Para qué? ¿Es el puto dinero, la codicia, lo que les mueve a fabricar y vender armas a esos corruptos, déspotas y dictadores líderes de esos países, en guerras civiles e internacionales? ¿Les importa un carajo que mueran inocentes, niños, niñas, mujeres, etcétera, solo para poder ellos gozar de los placeres mundanos? ¿Qué hace la ONU, la Unión Europea, la Unión Africana? ¿La Asiática? ¿La americana? ¿La OTAN? ¿La BRIC, o sea los países afines a Rusia y compañía? ¿Los líderes religiosos como el Papa, el Patriarca de Moscú, el Rabino Mayor, el Gran Imán musulmán, los gurús hindúes, etcétera? ¿¿No hay solución para que reine la paz y se acabe la guerra, para siempre? ¿Seguimos siendo cartagineses y romanos, pero con armas nucleares en los arsenales?

Esas eran preguntas que llevaba haciéndose Fortu hacía años, pero sin respuesta.

Conocía el mundo del Mossad, de la CIA, de la KGB, del MI6 británico, del CNI español, etcétera. Sabía que lo que movía y mueve el mundo es el puto dinero.

¿Cómo parar esa rueda infernal que sigue matando a inocentes, como a esos dos niños en la guerra entre palestinos e israelitas, Omar, siendo palestino, asesinado por los judíos, Omer, siendo judío, asesinado por los palestinos, a través de Hamás, los dos inocentes, solo con 4 añitos?

«¿Qué habían hecho esos dos niños para que los mataran?», se preguntaba Fortu. Él ya había visto demasiado dolor, sufrimiento y víctimas de esa estupidez humana llamada guerra, a veces tildada de santa, con niños, niñas y mujeres como víctimas.

Se iría de este mundo algo asqueado, tras haber sido testigo de masacres y genocidios, incluso como los de Gaza y Cisjordania, entre 2023 y 2025, en respuesta a la matanza de judíos por parte del grupo terrorista Hamás y otros.

Fortu pensaba, sin respuesta, con su eterna pregunta: «¿por qué el pueblo palestino y el pueblo judío no podían convivir en amor y concordia? ¿Dónde estaba ese Alá, ese Jehová, cuando morían inocentes, para que los traficantes de armas pudieran comprarle joyas y diamantes a sus queridas y prostitutas, además de las de su harén, en joyerías de Dubái y en otros lugares?».

Bill Gates había dado una conferencia con el nombre *La felicidad no depende de la tecnología. Esta sí debe estar en el marco de la felicidad.*

Fortu cogía el avión a las 9 de la noche. La conferencia tuvo lugar de 11 a 1, por la mañana y mediodía. Allí se encontró con antiguos compañeros de universidad, enterándose también de que Robert Tarky, un compañero turco afincado en Gran Bretaña, había muerto en una de esas guerras civiles en África, a pesar de llevar un chaleco que decía «PRESS».

Esas guerras mataban a periodistas, médicos, enfermeras, personal de la ONU, de la Cruz Roja, voluntarios que querían contribuir a que reinara la paz, además de a la infancia, la juventud, a enfermos en los hospitales, a mujeres. El caso era usar esas armas para poder comprar y vender más. Esas guerras eran un ciclo interminable, con el ajuste de cuentas en el panorama mundial, como lo fue nuestra Guerra Civil, 1936-1939. La mala leche y el odio siempre han sido las banderas de esos guerreros que solo siembran muerte y horror, como Franco, Hitler, Mussolini, Stalin, Mao, etc.

Bill Gates les recomendó un libro. Esa obra fue la que, de vez en cuando, le tiraba la botellita de agua al suelo en su mesilla de noche. Se compró el libro en el mismo aeropuerto. Empezó a leerlo durante el vuelo a África.

Fortu siempre pensó que tu mejor amiga es un libro. Con ella no discutes. Solo absorbes, con avidez, el mensaje del autor, siendo como un detective, para poder llegar a descifrar el porqué y para qué ha escrito ese autor ese libro. Lo había escrito David Brooks. Se publicó en 2015. Editorial Random House. Se llamaba *The Road to Character*. En ese libro, el autor reta a los lectores para que repasen esa escala de valores con la que hayan podido ser adoctrinados o que acaricien como algo sagrado, esa que suele ir desde la búsqueda frenética del éxito en esta vida hasta nuestros más internos principios, con sus valores, quizás viajando hacia atrás, hacia la llamada conexión maternidad-infancia, en la que una madre, más que un padre, es la que nos sella con amor, sumergiendo nuestro yo en esos valores, con el amor como sal de ese condimento en nuestra vida.

Fortu, leyendo y releyendo ese libro, llegó también a la conclusión de que esa conexión con Judith, su madre, era la que había cimentado su escala de valores.

Sí, fue el último libro que le hizo pensar y repensar su propia escala de valores, viendo el éxito como un precio a pagar por unos gramos de felicidad en la balanza de la vida.

Pensó que era algo que, al final de la película de nuestra vida, no merece la pena buscar el éxito, mientras que derrochamos y anulamos nuestra pequeña posibilidad de ser felices.

Fortu, con esos 75 años, jubilado hacía 10 años, solo, con sus recuerdos, con el diario de su madre, ya estaba de vuelta a Jerusalén. No quería más viajes. Ya había estado en aquel Toledo con su Judería, en aquella Sierra de Gredos, con el Charco Verde. Había recordado aquella conferencia que dio en Londres a alumnas y alumnos de periodismo. Había estado con su amigo David, al que no volvería a ver jamás, ya que fue destinado a Hong Kong dos años más tarde.

Allí, en Jerusalén, volvió a ver a María, quien había cuidado con amor a Judith, su madre. La vio ya bien mayor y achacosa. Alquiló una casa cerca de donde habían vivido sus padres. Una joven palestina, de esa Palestina ya estado, sin terroristas, con una convivencia envidiable con el mundo israelita, le cuidó hasta el final de sus días.

A Fátima le legó lo que tenía en el banco, ya que no tenía propiedades, ni coche ni nada que se pudiera heredar.

Fátima, la palestina, se encargó de enterrarlo junto a sus padres, Judith y David, el 4 de marzo del año 2065, a los 90 años. Se había ido con Daniel, con Tommy, con su madre, Judith, y con su padre, David, y con María, quien también había fallecido a los 89 años.

Recordó, antes de morir, que nunca fue llamado a declarar. El caso del esqueleto en las tinajas de Arenas de San Pedro quedó cerrado para el fin de los siglos.

La policía judicial, la local, la criminal y los jueces tenían demasiado en sus platos para tener que seguir cocinando aquel plato ya finiquitado.

«A otra cosa, mariposa», pensó el juez instructor de aquel caso en Ávila capital.

La Asociación Daniel, de LGTBI, siguió adelante con su trabajo para conseguir que los derechos humanos de los que dicen que son diferentes pudieran ser respetados para siempre. Sería una lucha, no de horas, no de días, no de meses, no de años, sino de siglos, ya que intransigentes y acosadores siempre los habrá.

Se puede decir que esa lucha LGTBI había comenzado en Nueva York en 1969.

No dejéis nunca, pero nunca, de luchar por defender vuestros derechos y los de la humanidad en general. Lo que hay que hacer es presentarles cara a esos que quieren robar tus derechos humanos, luchando para que nadie pisotee esos derechos humanos, que son sagrados, pudiendo ser como quieras y quien quieras, sin que nadie te cuestione ni te juzgue.

En el año 2124 se cumplían cien años desde que se había descubierto aquel esqueleto en las tinajas de Arenas de San Pedro, ya que ocurrió en 2024 en el marco de la construcción de viviendas para inmigrantes recién llegados, además de ser viviendas públicas para españoles en situación socioeconómica de marginación.

Todos los protagonistas de aquella historia habían fallecido ya, incluido Fortu y el alcalde de Arenas, Hermógenes Alcaide, que tanto hizo para poder conseguir que se construyeran esas viviendas públicas, que, blindadas por ley, nunca pasarían a fondos buitres, con manos privadas y especulativas.

El 1 de noviembre de 2124, Día de Todos los Santos o de los Difuntos, ya que todos los santos son difuntos, pero no todos los difuntos son santos, cuando el cementerio se llena de flores, algunas incluso de plástico, ya que duran más, al ser las naturales algo efímero y perecedero, como es la vida misma, con las familias honrando la memoria de los seres queridos que se fueron a La Estrella de La Paz para esperar a los demás, que no tienen mucha prisa, tampoco, por reunirse con ellos, por supuesto, sí, ese día, por la noche, exactamente a las 12 de la noche, en el museo etnográfico de Arenas de San Pedro, el guarda de noche, Tiberio, de El Hornillo, que alternaba su guardia con Raimundo, de Poyales del Hoyo, y con Ramón, de Arenas, al pasar delante de aquella tinaja, que llevaba allí desde 2024, tinaja que había contenido el cráneo de aquel asesino torturador de Tefia, ajusticiado por Judith, la madre de Fortu, con la ayuda de Mordejay, un amigo, escuchó un lamento, un quejido, como si alguien estuviese llamando desde el mismo infierno.

Ese lamento duró un minuto. Tiberio metió la cabeza en la tinaja. No había nada. No vio nada. Solo estaba seguro de haber oído ese lamento, que le asustó. No era un ladrón. No era alguien que se había escondido dentro del museo. ¿Qué era? ¿Quién era? ¿Por qué lo hacía? ¿Por qué esa noche de los difuntos? Sonaba como un lamento de hombre, no de una mujer o de un niño.

Al día siguiente, aparte de comentarlo con sus compañeros de la mañana, de la tarde y de la noche, tuvo que informarle de ello a la directora del museo, doña Isabel Cuerda Sierra, salmantina, afincada en Arenas de San Pedro, además del alcalde, Emiliano Alcor del Amo, un joven con su doctorado en Sociología, que quería hacer carrera en la política.

Con el tiempo, ese alcalde llegaría a ser consejero de Política Social en Castilla y León, tras casarse con la vallisoletana Isabel Maduero, Premio Nadal 2065 por su novela *¿Quién eres tú para decirme eso?*

Ese lamento sería puntual a lo largo de los años, según informaban los guardas de noche a los alcaldes de Arenas de San Pedro. No faltaba a la cita el lamento a las 12 de la noche del Día de los Difuntos. Año tras año, ese 1 de noviembre.

Nadie, nunca, supo de dónde venía ese lamento. ¿Era alguien real, que se escondía y gemía? ¿Venía del infierno o de ultratumba? ¿Procedía de aquel asesino que ardía en los infiernos, para recordarnos que estaba allí, ese día 1 de noviembre, de cada año, tras haber llegado su centenario? Los lectores de esta obra tendrán su opinión. La pueden comentar con otros lectores. El autor tiene la suya, pero es más bien secreta. Por ello, me la callo. Sed felices.

FIN

1 de noviembre de 2024

Epílogo

Desde el comienzo de esta historia quise presentar a los lectores un cuadro de reivindicación de los Derechos Humanos, con personajes que, a través del sufrimiento y el gozo, caras de la misma moneda, surcan esas aguas de la vida, en la que debe existir el nosotros, más que el yo, yo y yo, trenzando su día a día en una necesaria y pacífica convivencia.

Esos personajes van pidiendo, siempre, a todos nosotros que luchemos contra esos populistas que niegan la violencia de género, el cambio climático, el ser diferentes, el tener derechos humanos puros e inmaculados, sin ser juzgados ni maltratados por quienes discriminan y amargan la vida a los demás.

También esta obra os pide, desde el principio, a los lectores, que honréis siempre a la VERDAD, como lema de vida, en los campos laborales, sociales o políticos en los que labréis vuestra existencia, en este injusto y cruel planeta.

Esta obra, producto de mi mente, pero basada en la observación y el mundo que nos rodea, no siempre feliz ni agradable, quiero que haya sido un canto a la libertad de ser como uno es, no como quieren los demás que seamos.

Si intentas ser tú mismo, sin prostituir tu existencia, con la mentira y la intolerancia, faltando a la verdad, entonces tendrás, al menos, una mínima posibilidad de alcanzar la felicidad, tocándola, un poco, con tus dedos y tu alma, si es que te das a los demás, olvidando, siempre, también, tu yo, yo y yo, centrando tu vida en el nosotros. Espero haberlo conseguido.

Me gustaría que el sonido de ese canto haya sido agradable a vuestros oídos al leer estas páginas.

El autor
Francisco Machota Aranda

Índice